ya
文庫

煉獄の恋

広瀬もりの

イースト・プレス

contents

第一章

あたり一面が火の海だった。

炎と黒煙《こくえん》が空を覆い尽くし、立ち上《のぼ》る熱気が身体を包み込む。

「ここからは、ひとりで行きなさい。お別れよ、マリー」

「どうして？　嫌っ、お母さま、わたしも一緒に連れて行って！」

滑らかな絹のドレスに必死にしがみつくが、黒煙が上がって母の面差しまでは確認ができなくなっていた。

「駄目、あなたは生きなければ。そして、お父さまに真実をお伝えして」

「真実……？」

「そう、あなたのペンダントを隠した場所、ちゃんと覚えているわね……？」

言い含めるような声で言われたのとほぼ同時に、焼けただれた老木《ろうぼく》がふたりめがけて倒れてきた。

マリーは白い手に突き飛ばされる。

「……行きなさい、風の通り道に向かって……」

「お母さま、お母さまっ……！」

それきり、二度と優しい声は聞こえなくなってしまった。

刹那《せつな》、柔らかい頬をふわりと風が撫《な》でる。

風の通り道、きっとここがそれだ。

燃えさかる炎の中に、ぽっかりとそこだけが燃えずに残っている一筋の道がある。マリーは風の導きに助けられながら、その場所を進んでいった。

吹き荒れる熱風に足下が大きく揺らぐ。

喉の奥になにか詰まったみたいで、上手く息ができない。

枯れた大地を舐《な》め回す無数の炎の舌が、どんどんこちらに迫ってくる。

逃げなくてはと思うのに、足がすくんで動かない。

メキメキとなにかが大きく裂ける音に振り向くと、火だるまになった大木が根本から倒れるところだった。

このままだと自分もあんな風に燃え尽きてしまう……。

「だっ、誰か——」

助けを呼びたいのに、恐怖のあまりきちんと声が出なくなっている。煙と絶望で、目の前が霞んでいく。

身体が地面に倒れ込み、手のひらが土に触れた。こんなに熱せられているはずなのに、地面は信じられないほどひんやりとして湿っている。

そこで、ようやく気づく。

ああ、これはいつもの夢だ。何度も何度も繰り返し見た夢。

もうたくさんだと思っているのに、気づくといつも入り込んでしまっている。

飽きるほど眺めた風景が、今日も目の前に広がっていた。

幼い頃の自分が、炎に包まれた丘をあてどなくさまよっている。

レースやリボンで飾られた小花柄のドレスは、飛び散る火の粉で表面のあちらこちらが焼け焦げてしまっている。

頬を熱風がかすめていく。足下を炎で阻《はば》まれて、完全に行き場を失っていた。

もう駄目だ、勢いよく燃え上がる木々と同じように、わたしの身体も火に包まれてしまう。

今日こそはすべて焼き尽くされてしまうのだ。

絶望が心を覆い尽くそうとしたそのとき、どこからか自分の名を呼ぶ声がした。

その直後、目の前の炎がふたつに割れ、そこに漆黒に輝く大鷲《おおわし》が舞い降りてくる。

「やっと見つけた」

よくよく見れば、それは鳥などではなく青年だった。翼のように見えたのは、乗馬用の黒いマント。

彼は迫りくる炎をものともせずに、こちらに歩み寄ってくる。艶《つや》やかな黒髪が熱風で舞い上がり、エメラルドの瞳がまっすぐにこちらを見つめていた。

一度は大きく見開かれた目が、ふっと細くなる。安堵《あんど》に包まれた表情が、やがて微笑みに彩られた。

「怖かっただろう、もう大丈夫だ」

良かった、今日は来てくれた。

ホッと胸を撫で下ろしたとき、忘れかけていた涙が頬を伝っていく。

差しのべられた腕にすがろうと、自分の手を必死に伸ばしたそのとき――

どこかで、小鳥のさえずりが聞こえた。

ハッと目を開くと、見慣れた天井がそこにある。部屋の中は穏やかな朝の日差しで満ちあふれていた。

ああ良かった、戻ってこられたんだわ。

マリーは額に重いものを感じつつ、のろのろと起き上がった。気づけば、ネグリジェがぐっしょりするほど寝汗をかいている。まだ鼓動が速い。細かく震える指先が頬に触れると、ゾッとするほど冷たかった。

そばで待機していたらしい黒い犬が、ベッドの縁に前足を置いて尻尾を振っている。マリーはその頭を優しく撫でた。

マリーが家族のように可愛がっているその犬はリアンという。艶やかな毛並みに触れていると、自然と心が落ち着いてきた。

「お目覚めですか、お嬢様」

ふと見ると、部屋の入り口に馴染みの使用人が立っている。その手には朝食のトレイがあった。

「おはよう、サラ」

安堵の溜息《ためいき》をついてから応えると、彼女は豊満な身体を揺らしながら部屋に入ってくる。窓際の丸テーブルにトレイを置くと、心配そうに見つめてきた。

「ずいぶんとうなされていたご様子ですね。また、あの夢ですか？」

サラが窓を開けると、柔らかな春風がふんわりと吹き込んでくる。それはベッドの上のマリーまで届き、背中から腰までを覆う鳶《とび》色の髪を揺らした。

「お可哀想に……あれから十年以上も経つというのに」

悲しげに揺れるサラの瞳に、マリーは小さく首を横に振って微笑み返した。

「心配しないで。目が覚めて、夢だったとわかればホッとするもの」

そう、あれはただの夢ではない。

幼い頃のマリーの記憶が呼び起こされているのだ。領地境の丘を襲った山火事に巻き込まれたマリーは、そのときの恐怖から未だに逃れることができないでいた。こうして穏やかな日々を過ごしていても、一月に何度かは悪夢にうなされる夜がある。

今日のように救いの手が差しのべられる結末ならばまだいい。いつまで経っても誰も現れず、途方に暮れて泣き叫びながら目を覚ます日もある。

大丈夫よ、今日はちゃんと助けに来てくれたから。

こちらに駆け寄ってくる足音と、大きく広げられた腕を思い出す。

そこまで考えたとき、ハッとひとつの考えにたどり着いた。

「そうよ、サラ！」

マリーは急にそわそわした気持ちになって、ベッドから飛び降りていた。

「今日はお兄さまがお帰りになる日だわ！」

夢見の理由がようやくわかった。

兄が戻って来るんだと思うと嬉しくて、昨夜はベッドに入ったあともなかなか寝付けずに過ごしていた。

あれこれ考えているうちに、あの夢にたどり着いたのだろう。

国王軍の騎士団を率いる兄、アドリアンが遠征に出かけて、一年近くが過ぎていた。

当初の予定では半年以内には決着がつくという話であったのに、今までになく長丁場になってしまった。切れ切れに聞こえてくる戦況を毎回身も凍る想いで聞いていたマリーは、帰館の手紙を受け取って踊り出さんばかりだった。

「ねえサラ、今日はご馳走をたくさん作りましょうよ。軍の食事はいつも冷めていて味気ないものばかりだって話だもの。オレンジの砂糖漬けはまだ貯蔵庫に残っていたわよね、わたしフルーツケーキを焼きたいわ」

昨夜眠りにつくまでにベッドの中で考えた計画を、次々に思い起こす。

明るい声を上げるマリーの足下に、黒犬が嬉しそうにすり寄って来た。

「ふふ、リアンもお兄さまに会えるのが待ち遠しくてたまらないのね？」

マリーの呼びかけに応え、リアンはぱたぱたと尾っぽを振る。

お出迎えのための準備はあらかた終わっていたが、それだけではとても満足できない。新しい花をテーブルに飾りたいし、クッションも日に当ててふかふかにしたい。昨夜は一日中風が強かったから、表に面した窓をもう一度拭き直した方がいいかもしれない。

もう一度自分の目ですべてを確認して、ひとつの取りこぼしもない状態にしたかった。

ようやくお戻りになるのだもの、心からくつろいで欲しい。

あれこれ思いを巡らすと、時間はいくらあっても足りなかった。

サラは、そんなマリーを見て困ったように苦笑いする。

「駄目ですよ。まずはお嬢様のお支度が先です。今日は特に念入りにするようにとの、旦那様からのお言いつけです」

サラにたしなめられては、これ以上のわがままは言えない。

幼い頃に両親を失い、この館に引き取られたマリーにとって、サラは母親代わりの女性だった。彼女の言うことは絶対なのだ。

「お父さまがそう仰《おっしゃ》ったの？」

「左様にございます。アドリアン様は時間にきっちりしたお方です、お昼前に帰館されると仰れば、必ずそのとおりになります。のんびりされている間に、丘の向こうから蹄《ひづめ》の音が聞こえてきますよ？」

養父はマリーに施した教育の成果を兄に見せつけたいのだろう。ここは素直に従っておいた方がいい。

マリーは軽く身支度を整えると、渋々窓際の椅子に座った。

春の穏やかな陽射しが気持ち良い。

マリーはつられるように窓の外を見た。

遠く薄紫にぼやける山並み、空色にミルクを落としたような春霞の空。

周囲を山で囲まれた小国ルナンは長い冬を越え、春の盛りを迎えようとしていた。

王都から少し離れた場所に位置するこのセリュジエ領にも、色とりどりの花が咲き乱れている。

芽吹きの季節を迎えた丘に建つ男爵家の館からも、その美しい風景を一望することができた。大好きな季節がやってきたのだ、今は楽しいことだけを考えよう。

「さあ、しばらくじっとしていてください。仮にも男爵家のお嬢様なのですよ、それにふさわしい気品のある装いをしていただかなくては……」

そう言って、サラはブラシを使い始める。

「アドリアン様はこのたびの遠征でも、素晴らしいお手柄をいくつも挙げたそうですからね。王都帰還の際の凱旋《がいせん》パレードでは純白の軍服に身を包まれた皆様の中でも、ひときわご立派だったと聞いています。そのようなお方の前で、みっともない真似はできませんよ？」

そこで大きな溜息を吐かれてしまったが、マリーとしても異論はなかった。

なにもかもを完璧にこなす兄は、自分にも他人にもとても厳しい。気の抜けた態度で接することはできないのだ。

じっと自分を見つめる兄のエメラルドの瞳を思い出すと、背筋がぴんと伸びる。これはほとんど条件反射のようなものだった。

「まあ、……こうやって鏡に映せば、申し分のないお姿なのですけど」

サラはブラシを動かしながら続けた。

「お嬢様の髪は本当に豊かで美しいですね。この先もお手入れを怠らなければ、いずれどんな宝石にも勝る価値を持つことになるでしょう。ですから、ブラシを入れることを嫌がってはなりませんよ」

なにかと厳しいサラも、マリーの鳶色の髪のことはいつも手放しで褒めてくれた。

「旦那様はお嬢様が立派な貴婦人になられることをお望みです。そのためにはどんな努力も怠ってはなりません」

「……そうね、サラの言うとおりだわ」

この屋敷の主であり、マリーの養父でもあるセリュジエ男爵のことを引き合いに出されると、さらに弱腰になってしまう。

十数年前、山火事から助け出されたとき、覚えていたのは「マリー」という名前だけだった。多くの領民が命を落とした大火の中を、幼い少女が彷徨い歩いていたのだ。心に受けた衝撃は相当のものだったのだろう。

マリーの家族もその火事で命を失ってしまったようで、その後に引き取りに来る者もなく、一日中部屋の隅で泣き続けている様子を不憫に思ったセリュジエ男爵とそのひとり息子であるアドリアンによってこの館に引き取られ、養女として育てられることになったのだと聞いている。

孤児院に送られても当然であったのに、使用人ではなく家族の一員として受け入れてくれた彼らには心から感謝していた。

「お父さまのご期待にはもちろん応えたいと思っているわ。でも……」

そこでマリーは躊躇《ためら》うように一度言葉を切った。

「やっぱり、社交界入りにはあまり気が進まないの」

この国の貴族の子女は、十五歳になると社交界入りを許される。王都ルーローにある国王宮殿で月に数回催される舞踏会に参加できるようになるのだ。

養父は早くからマリーの社交界入りを強く希望しており、マリーは幼い頃から貴族の子女にふさわしい礼儀作法や教養を厳しく叩き込まれてきた。

「まだそのようなことを仰っているのですか？　そのようなお話が旦那様の耳に入ったら、大変です。くれぐれも言葉をお慎みくださいませ」

マリーの言葉に、鏡の中でサラが大袈裟に肩をすくめている。

ここで異を唱えたりしたら、養父の機嫌を損ねてしまうと言いたいのだろう。サラの気持ちもよくわかる。

しかし、気が進まないのには理由があるのだ。マリーは小さく溜息を落とした。

「だって、王宮の舞踏会に参加するにはドレスを新しく仕立てたり、馬車を用立てたりしなくてはならないのでしょう？　そんなの、申し訳なさ過ぎて……」

マリーがこの館に引き取られた頃には両手に余るほどいた使用人が年を追うごとに減っていき、今ではサラとその連れ合いのふたりだけになっている。マリーから見ても、男爵家の財政が厳しいことは容易にうかがい知れた。

セリュジエ領は、十数年前の山火事で大きな打撃を受けていた。

多くの耕地や領民を失ったことで思うように税金が徴収できず、養父は方々に借金をしていると聞く。古くからの友人ともすっかり疎遠になってしまったとか。

しかも火事の後は領内の治安が悪化し、盗賊の被害もあちらこちらで聞かれるようになった。この男爵の館の周辺でも物騒な話が絶えないため、今では屋敷を訪れる者もまばらになっている。近隣の領主との交流もほとんどない。

幼い頃はそのようなことには気づかなかったから、養父の言葉にも素直に頷くことができた。だけど今は、養父が舞踏会のことを話題に出すたび、マリーは複雑な気持ちになってしまう。

「そのようなこと、お嬢様がご心配なさらずとも。すべて旦那様とアドリアン様が手配してくださいますよ」

「でも……」

しかも社交界に、とある重大な意味が込められているのだと知ってしまった今は、憧れの気持ちもすっかりしぼんでしまっている。

「はい、髪のお手入れは終わりです。お嬢様、本日はこのドレスにお着替えください」

そう言って得意げに取り出された一枚を見て、マリーは目を見張った。

「すごい……どうしたの？　新品じゃない」

初めて目にするそのドレスは、艶やかな変わり織りの生地で仕立てられ、襟元や胸元には控えめながらレースやリボンの飾りも施されていた。明るい海の色の布地はマリーの鳶色の髪やすみれ色の瞳にとてもよく似合いそうだが、普段着としてはかなり贅沢《ぜいたく》な仕上がりである。

マリーの反応にサラも自慢げに胸を張る。

「お嬢様はこの一年で背がだいぶ伸びましたから、去年のドレスはどれも寸足らずになってしまったでしょう？　身体に合わないものを窮屈に着ていることほどみっともないことはありません、……どうしました、お気に召しませんか？」

「いいえ、とても素敵よ！　……でも」

「さあ、早速着替えてみましょう」

待ちきれない様子のサラに促され、マリーは姿見の前に立つ。

身体にドレスを当ててみて、改めて全体を見てみると、その見事な仕事ぶりに目を見張るばかりだ。

スカート部分にはギャザーをたっぷり寄せた柔らかなペチコートが重ねられ、裾に向かってふんわりと大きく広がるかたちになっている。

柔らかく膨らんだ胸、ほっそりとしたウエスト。身体にぴったり合わせて作られたドレスは、マリーの娘らしくなった身体のラインを際だたせていた。

「丈も胸まわりもぴったりですね。少し長めに仕立てたつもりでしたが、これくらいでちょうど良かったようですね。ほら、後ろで結んだリボンもとても可愛らしいでしょう？」

そろそろ六十にさしかかるサラは、実のところ母親というよりも祖母に近い。しかし彼女は今風のやり方を積極的に取り入れ、巷《ちまた》の流行にもとても敏感だった。マリーの髪の編み込みなども、王都で働く昔の使用人仲間などから最近の流行りを聞き出しては工夫を凝らしてくれる。

きっとこのドレスも、寝る間を惜しんでせっせと仕立ててくれたものに違いない。喜んで受け取らなかったら、申し訳ない。

「ええ、とても素敵ね。ありがとう、サラ」

鏡に映る自分がきちんと微笑めていることを確認して、マリーはホッとする。

とはいっても、本当にこのドレスを普段使いにしてしまっていいものだろうか。どこかに引っかけたり、うっかり汚してしまいそうで恐ろしかった。

しかも布地をふんだんに使いギャザーも多く取っているため、ずっしりとしていつもより動きにくい。慣れるまでは階段の上り下りにも気をつけなくてはならないだろう。

いつものように大股に駆け上がるなんて芸当はとてもできない。もしかしたら、サラの狙いはそこにあるのかもしれないとふと思った。

そんな風に考えを巡らせていると、杉並木の向こうからかすかに耳に馴染んだ蹄の音が響いてくる。

マリーは窓辺に駆け寄ると、身を乗り出すようにして外の景色をぐるりと見渡した。

「お兄さまだわ……！」

「アドリアン様と決まったわけではありませんよ。まだお姿も見えないではないですか」

サラがすぐに呆れ顔で切り返すが、マリーは動じない。

「いいえ、絶対にお兄さまよ！」

「お待ちください、お嬢様。そんなに慌てたりしては、また旦那様に――」

呼び止める侍女の声も聞かず、マリーはドレスをつまむと一目散に塔の階段を駆け下りていった。黒犬のリアンもあとに続く。

マリーの部屋は館正面から見て西側の塔の最上階にあった。

重い生地で仕立てられたドレスは予想していた以上に動きにくい。ようやく二階までたどり着いた頃には、すっかり息が上がり、ふっくらした頬がバラ色に染まっていた。

それでも一気に残りの階段を駆け下りようとしたとき、スカートの中でペチコートが足に絡まった。

「えっ、……きゃあああっ……！」

前のめりになっていた身体が、そのまま落ちていく。どこかに摑まりたくても手の届く場所にはなにもない。

このままでは磨き込まれた床に激突してしまう――と、ぎゅっと目を閉じたところで、身体がふわりと止まった。

「まさか、いきなり上から降ってくるとは思わなかった」

どこからか、聞き覚えのある伸びやかなバリトンの声が聞こえる。マリーがそろそろと目を開けると、細いウエストにがっしりした腕が巻き付いていた。

「……え……？」

マリーが驚いている間に、靴の底がそっと床につけられる。身体を支えていた腕が静かに解かれた。

「いきなり驚かせないでくれ」

マリーがゆっくり顔を上げると、そこには眉間に皺を寄せたしかめっ面があった。

肩先までの髪を扉から吹き込んでくる春風になびかせた、すっきりとした輪郭に涼やかなエメラルドの目が印象的な美丈夫。薄い口元が今は一文字に結ばれていた。

広くがっしりした肩幅に長く伸びた手足。すらりとした長身を藍色の衣装で包み、乗馬用の長いマントを着用している。

彼こそが、セリュジエ男爵のひとり息子、アドリアンである。

王都からセリュジエ領までの道のりを馬で一気に駆けてきたはずなのに、彼に呼吸の乱れた様子はまるでない。

兄の姿に見惚れていたマリーよりも早く、黒犬のリアンが大はしゃぎで飛びついていく。

アドリアンは足下にまとわりつく犬の頭を撫でてから、マリーに向き直った。

「ただいま、マリー」

そう告げる彼のエメラルドの瞳が一瞬、ふっと細くなった。凛とした表情の奥にある柔らかなぬくもりにようやく触れることができて嬉しくなる。

ようやくお戻りになったのだ。心待ちにしていた姿を目の前にして、マリーは胸がいっぱいになる。

「お兄さま、お帰りなさい……！」

久しぶりに会えた喜びが抑えきれず、アドリアンに抱きつこうといつものように手を伸ばす。しかしすぐに大きな手のひらがマリーの額を押さえて、動きが制されてしまった。

「……お兄さま？」

「そういう出迎え方は、もう卒業した方がいい」

予想もしなかった言葉に驚きつつも従うと、アドリアンは手をどけた。そして、床に放り出されていた荷物を拾い上げる。

どうして今までのように抱きつくことができないのだろう。

兄のその仕草にはまったく迷いがなかったが、それでもマリーの胸には若干の違和感が残った。

「お兄さま、どうかなさったの？」

今日の兄はどこかおかしい気がする。そう思って尋ねたのに、戻ってきた言葉は問いかけに対する返事ではなかった。

「父上は、今どちらに？」

「ええと……この時間ならいつもどおり、書斎にいらっしゃると思うわ」

マリーは無意識のうちに背後を振り向いたが、書斎に続く長い通路はしんと静まりかえったままだった。

「この頃では、一日中籠《こ》もっていらっしゃることが多いの」

もともと養父は、滅多に外出することはない。

かつて国王軍に所属していた頃に大きな事故に巻き込まれ、片足が不自由になってしまったのもその一因らしいが、それ以外にも理由があった。

十数年前の山火事の件で領主としての責任を厳しく問われ、謹慎処分になってしまったのだ。取り上げられていた爵位は、ひとり息子のアドリアンが騎士の称号を得た際に返上されたが、養父は今も王宮への出入りを禁じられている。

今では領主としての表だった仕事のすべても、アドリアンに任せきりになっていた。

大人たちの会話を切れ切れに聞いていくうちに、マリーはセリュジエ男爵家が抱える複雑な問題も少しずつ理解できるようになっていた。

養女となった自分の淑女教育に異常なまでに心を砕くのにも、他に気持ちを向けるものがなにもなかったのだと思えばなんとなく納得ができる。

兄が国王軍の遠征に出かけていたこの一年、養父の引き籠もりはさらにひどいものになっていた。ときには食事すら、書斎に運ばせてひとりでとることもある。

マリーを書斎に呼び寄せて書き取りや歴史の課題を与える間も、ペンを動かす手を休めることはほとんどなかった。誰かと親密に手紙のやりとりをしていることは文を運ぶための使者が頻繁に館を訪れるようになったことからもわかった。

たぶん、それはマリーの社交界入りに関わっていることなのだろう。

その姿には鬼気迫るものがあり、マリーは胸がとても痛くなった。

「そうか、それでは帰館のご報告は服を改めてからにしよう。マリー、着替えを手伝ってくれるか？」

アドリアンはそう告げると、中央階段に向かって歩き始める。少し進んだところで不思議そうな表情で振り向いた。動かないマリーをじっと見据えたまま、アドリアンは少し首をかしげる。

「どうした？」

「……はい！」

着替えの手伝いは以前から当たり前のようにしていたが、こんな風にわざわざ頼まれたのは初めてである。やはり、今日の兄はいつもとどこか違う気がした。

石造りの館の中は昼間でもひんやりとした空気に満たされている。

マリーは重いドレスに足を取られながらも、歩幅の広い兄に必死でついていった。等間隔に乱れなく続いていく靴音が館内に響くのを聞くのも久しぶりのことだ。

先頭を切る黒犬のリアンが得意げに階段を駆け上がり、踊り場で振り返って尻尾を振っている。その愛らしい姿に、アドリアンの涼しげな表情も柔らかく崩れた。

「すっかり騎士気取りだな」

「ええ、わたしたちはとても良い友達なの。これもお兄さまのおかげよ」

数年前、子犬がこの屋敷に迷い込んできた。動物の嫌いな養父はすぐに追い出すように言ったが、マリーの気持ちをくんだアドリアンが養父と言い争いになりながらも必死に説得をしてくれた結果、館で飼うことを許されたのだ。それからはずっと、この犬が片時も離れずマリーの側にいて守ってくれている。

マリーがその子犬を飼いたかったのは、兄にとても良く似ていると感じたからだ。だから、名前の一部をもらってリアンと名付けた。

「あ……でも、お兄さま」

「なんだ？」

「もうお父さまとはあまり言い争いをしないでね」

リアンのことでの父子の諍いを思い出したとたんに、マリーの背筋に冷たいものが流れていく。

「私はもう子供ではない。父上の扱い方くらい、心得ている」

こちらが伝えたいことを察知したのだろう、アドリアンはきっぱりと言いきった。しかし、マリーの心にはまだ不安が残る。

実の父子でありながら、ふたりの仲はあまり良いとは言えなかった。表面上は上手く取り繕っているように見えても、養父と兄の間には常に不穏な空気が漂っているように感じられる。

そのためだろうか、養父はマリーとアドリアンが一緒にいることも好ましく思っていないようだ。兄が館に戻ってきている間も、なにかと用事を言いつけて引き離そうとする。ここ数年は、それが前にも増してひどくなっていた。

「なにか変わったことはなかったか？」

階段の途中で、アドリアンはこちらを振り向くことなく話しかけてくる。兄の部屋は見晴らしのいい三階にあり、たどり着くまで長い階段をのぼる必要があった。

「ええ……」

確かに大きく変わったことはなかった。

しかし、マリーはこのところ大きな悩みを抱えている。その胸の内を正直に伝えていいものか、だいぶ迷っていたが、それでもこの悩みを打ち明けられる相手はやはり兄しかいないと思う。

「お父さまは、わたしのことがお嫌いになったのかしら？」

ぽつりとこぼれた言葉に、前を行くアドリアンがちらと振り返る。

「何故？」

「だって……一日も早く、わたしを社交界入りさせたいって仰るから。そのための手続きもどんどん進めていらっしゃるの。いろいろな方に後見役になってくれるよう働きかけているみたい」

マリーは、きゅっと唇を噛みしめた。しかし、兄はこともなげに言う。

「それは昨日や今日に始まったことではないだろう」

「でも……」

確かに兄の言うとおりだ。養父の想いは一貫している。

『貴族の娘として、どこに出ても恥ずかしくない高い教養を身につけなさい』

マリーを館に引き取ったあとから今に至るまでずっと、養父は繰り返しそう言った。礼儀作法はもちろんのこと、楽器の演奏や、その他淑女として知っておくべき知識なども毎日時間を決めて徹底的に教え込まれる。新たに家庭教師を雇ったりはせず、父自らが師となったのは、今思えば経済的な理由からだったのだろう。

淑女のたしなみである刺繍やレース編みなどの手仕事は侍女サラの出番である。彼女は、館の女主人としての心得までもしっかりと伝授してくれた。

だけど、大人になるということは、マリーを取り巻く状況も変わってしまうということでもあったのである。

舞踏会は貴族の子女が生涯の伴侶を捜すための場所——マリーは最近になって、その事実を知った。それまで、単なる交流の場としか捉えていなかったマリーにとっては、あまりに衝撃的なものだった。

自分も社交界入りして舞踏会に参加するようになれば、そこでどこかの貴族に出会い、条件が合えば、求婚されることになるのかもしれない。

そうしたら……、そのあとのことを考えると胸が締め付けられそうになる。

この館から出ることになるなんて、今まで一度も考えたことがなかった。だがそれは、近い将来に現実のこととなるのだ。

「マリー？」

いつの間にか歩みを止めて俯《うつむ》いていたマリーは、兄の呼びかけにはっとして顔を上げる。アドリアンには珍しく困惑の表情があった。

「父上がなんと言おうと、お前の気持ちが固まるまでは保留にしておけばいい」

それだけ言うと、彼はまた前を向き、階段をのぼり始める。

「お兄さま……」

明かり取りの窓から吹き込んでくるそよ風が、ふたりの髪や服を揺らしながら通り過ぎていく。

マリーは少し前を行く兄の姿をそっと見つめる。先ほどは気づかなかった彼の外見のささやかな変化にとても落ち着かない気持ちになっていた。

長い遠征で、野外での活動も多かったのだろう。アドリアンは以前よりも日に焼けて、精悍さが増したように思えた。しなやかな指先や涼しげな目元、そのひとつひとつを確認すると一年前とまったく変わっていないようにも見えるのに、急に知らない人になってしまった気がする。

兄の姿を見つめるだけで胸がときめく。親愛とは明らかに違う感情が胸の奥でどんどん育ってきているのをマリーは年を追うごとに感じていた。しかし、そんなことを口にしたら、ひどく呆れられてしまうだろう。

お兄さまが、いつかわたしをひとりの女性として見てくれる日がくるのかしら……？

手を伸ばせば届く距離にある兄の背中が、そのときのマリーにはとても遠く感じられた。


一年ぶりに主を迎えたアドリアンの部屋は、サラとマリーの手によって綺麗に整えられていた。

くつろげる場所に戻ってきたためか、アドリアンの表情もいくらかほころんで見える。彼は荷物を床に置くと、部屋の中をぐるりと見渡した。

「カーテンもベッドカバーも新しくしてくれたのか」

ささやかな心づくしに気づいてもらえて、マリーはとても嬉しくなる。

この日のために、サラとふたりでせっせと縫い進めたものだ。

「マリー、これを頼む」

アドリアンは静かに袖を抜いてコートを脱ぐと、こちらへ手渡してくる。マリーは慣れた手つきでそれを受け取ると、ハンガーにかけてクローゼットの脇に取り付けられたポールにかけた。

一度着用した衣装は、きちんとブラシをかけて風を通してからしまわなくてはならない。同時にシミやほころびを見つければ、その場ですべて手入れする。そうしないと、次に必要になったときにいろいろと不都合が生じるのだ。そのような細かなこともサラに教えられている。

アドリアンはその様子をしばらく見守っていたが、やがて背を向け躊躇いもなくシャツを脱ぐ。そこで、マリーはハッとして動きを止めた。

兄の背中には肩甲骨から腰のあたりまで、斜めにくっきりと焼けただれた火傷《やけど》の痕《あと》がある。

何度か見ているはずなのに、痛々しい傷痕を目の当たりにすると未だに心が凍り付きそうになってしまうのだ。

マリーの手が止まったことに気づいたのか、アドリアンは振り向き、自嘲《じちょう》気味な笑みを浮かべた。

「……怖いか？」

「いいえ！　そんなこと、ありません！」

マリーは大きく頭を横に振ると、ぎゅっとスカートを握りしめた。

「その痕は、お兄さまが身を挺《てい》してわたしを守ってくれた証です。今のわたしがあるのは、すべてお兄さまのおかげですもの」

心からの気持ちを兄に伝えるが、きちんと想いのままを受け止めてもらえているのか、不安になる。

十数年前、燃えさかる炎の中からマリーを救い出してくれた青年こそが、アドリアンであった。

マリーの記憶は途中で途切れているが、アドリアンはその後にマリーを抱えて逃げる道中で、マリーを庇って、焼け落ちた大木を背中に受けてしまったのだ。

ふたりはどうにか火の中から脱出することができたものの、しばらくは火傷が元で生死の境をさまよったのだと聞いている。

自分を助けるために兄を危険な目に遭わせてしまったことに、マリーはずっと責任を感じていた。

「そんな顔をするな、お前はなにも悪くない」

そう言ってくれる温かい声が切ない。この傷を負わせてしまった原因はすべてマリーにある。

それなのにアドリアンはいつもこんな風に言って、慰めてくれるのだ。

「わたしはいつだってお兄さまの味方よ。お兄さまのためだったら、なんだってできるわ」

この痕を見るたびに、マリーは想いを新たにする。自分にできることなんて限られているが、兄の口からなにかを命じられればなんでもするつもりでいた。

兄が騎士団の仲間からあからさまに距離を置かれていることは、サラから聞いて知っている。あの山火事の現場にいたということで、セリュジエ男爵親子はありもしない黒い噂を立てられているのだ。

——あれは、男爵父子の手による放火であったのではないか、と。

根も葉もないひどい言いがかりであるが、そんな話が未だに一部の心ない者たちの間ではまことしやかに囁かれているらしい。

本人たちにはなんの落ち度もないのに悔しくてならない。

養父が謹慎処分になったのもその噂が原因かもしれないと言われれば、マリーはとても平静ではいられなかった。

「本当に？」

「……えっ？」

思いがけない切り返しに、マリーはうろたえ、顔を上げた。

アドリアンがいつの間にかこちらに身体を向け、マリーの目を探るように見つめていた。彼の逞《たくま》しい胸板や割れた腹筋が、マリーの目に飛び込んでくる。

自分を見つめる兄の瞳が、いつもと違うように感じた。何故か背筋がぞくぞくしてくる。アドリアンがこんな風に問い返してくるのはとても珍しいことだ。マリーはなぜだか兄の目を見ていられなくなって、頬を押さえて俯いてしまった。

「そっ、それは……」

「マリー？」

名前を呼ばれるのはいつものこと。

それなのに、今はなにか違う意味が込められているような気がしてしまう。

アドリアンの腕がすっとマリーに伸びてくる。その手が頬に触れる寸前で、マリーは肩をぴくりと震わせた。

「……」

沈黙が部屋を覆う。

いきなり訪れた緊迫した雰囲気にどうにか耐えなくてはと、マリーはただひたすら床を見つめ続けた。

すぐ側にある兄の指先が、頬を熱くする。もしかしたら、耳まで赤くなっているかもしれない。

どうして自分がこんな風になってしまうのかもわからず、マリーは当惑した。

そのとき、不意に「くすっ」という小さな笑い声が耳に届く。

反射的に顔を上げると、アドリアンが困ったように微笑んでいた。

「マリー、そろそろ新しいシャツを渡してくれないか」

「……あ！　ご、ごめんなさい！」

兄が手を伸ばしてきたのは、マリーの持つシャツが欲しかったからなのだ。半裸のまま待たされて、とても寒かったに違いない。マリーはよくわからないまま勘違いをしてしまった自分を恥じた。

しかし動悸はまだ収まらない、いったいどうしてしまったのだろうか。アイロンをかけて綺麗に畳んだシャツを手渡しながらも、指先の震えが止まらなかった。

一方で兄はなにくわぬ顔で着替えを続けていた。上衣を着替え終え、続いて彼がトラウザーズに手をかけたとき、マリーはまた慌てて背中を向けていた。

マリーにはわかっていた。変わってしまったのは自分だけだということに。

いつの頃からか、アドリアンを兄と慕う以上にひとりの男性として意識するようになっていた。

そっと側に寄り添うと、心には甘酸っぱい気持ちがふわりと浮かんでくる。

最初はそのことにとても戸惑ったが、何度か繰り返すたびにひとつの感情として受け止めることができるようになっていた。

わたしは……お兄さまとずっと一緒にいたい。

しかし、それは許されないことだ。

兄にいつまでも決まった相手が現れないことに、もしかしたらこのまま兄と結婚できるのではないかという淡い期待を抱いていた時期もある。血は繋がっていないのだから、それならば……と。

でも、養女であっても表向きは兄妹の関係なのだから、難しいだろう。その上、マリーはもともと孤児で、この家になんの利ももたらさない。

このまま男爵家の娘としてどこかの貴族のもとに嫁ぐ方が、よほどこの家の役に立つ。養父がマリーを拾ったのはそういう狙いがあったからだろう。あの山火事を境に没落してしまった男爵家を立て直すために、良縁が必要だと思っているのかもしれない。

最近の養父は特に、マリーが必要以上にアドリアンに懐くのを好ましく思っていない節があるし、社交界入りのことを強く推し進めてくる。

以前はここと内扉で繋がった隣の部屋がマリーのものとしてあてがわれていた。しかし十を過ぎた頃に、養父の意向で今の西塔の部屋に移されたのだ。

兄の部屋から見下ろす風景を眺めていると、子供時代の楽しかった思い出が次々に浮かんでくる。その記憶のほとんどには、アドリアンが一緒にいた。彼と過ごす時間こそが心のよりどころであったということだろう。

マリーは大きく膨らんだドレスのスカートをふたたびぎゅっと握りしめた。しっかりとした布地が指に食い込む。

社交界入りをすること、それはすなわち兄との永遠の別れを意味している。

いたずらに先に延ばしたことで結果は変わらないし、恩返しをしたいマリーとしてもわがままな願いとはわかっている。けれどもう少しだけ、もう少しだけ一緒にいたいと願ってしまう。

「マリー」

その声に振り向くと、兄はもうすっかり着替えを終えていた。

「これから父上のところに帰館の報告に行ってくる。お前はこのまま部屋に戻るか？」

あっさりとそう言いきられ、マリーはこっそりと唇を噛む。

兄が養父のもとに行ってしまったら、あれこれ用事を申しつけられてなかなか解放してもらえないだろう。もっとふたりきりの時間を過ごしたかったのに、そう思っていたのは自分だけだったのか。

せっかくお戻りになったのに、なかなか一緒に過ごせないなんて……。

「どうして黙っている？」

マリーは促されるままに顔を上げていた。

「あの……お兄さま、ひとつだけお願いをきいていただけないかしら？」

断られるかもしれないと思いつつも、おずおずと口を開く。

「なんだ？」

「お父さまからの課題で、どうしても上手く弾けない曲があって……とても困っているの」

楽器のひとつも扱えなければ貴族の子女として失格だというのが、養父の口癖である。とはいえ、師である養父の腕前を越えてしまった今、なんともやりにくい状況になってしまっていた。

マリーが楽譜を手渡すと、アドリアンはそれを少し難しい表情で眺めている。

「とりあえず一度聴いてみないとわからないな」

「教えてくださるの？」

「着替えを手伝ってもらったのだから、少しくらいならいいだろう」

マリーがホッとした面持ちでピアノの前に座ると、アドリアンは自分のバイオリンを手にした。二重奏にしようということらしい。

彼は学問や武術に秀でているだけではなく、芸術方面にも造詣《ぞうけい》が深い。しかもそのほとんどを独学で習得してしまったというのだから驚きであった。もともと各方面に優れた素質を持っていたに違いない。

マリーが緊張しながら鍵盤《けんばん》の上に指を走らせ始めると、アドリアンのバイオリンが優しく音を重ねる。指使いが難しく、ひととおり弾きこなせるようになるまではずいぶんと手こずった曲だったが、こうして兄の導きがあると、自分がとても優秀な奏者になった気がしてくるから不思議だ。

マリーは兄と合奏するのがとても好きだった。まだ鍵盤の上を指が自由に動かなかった頃から、何度も何度もねだったものである。

養父もバイオリンを弾くが、やはり兄の方が腕がいいと思う。だんだん楽曲の難度が上がるごとに、それを強く感じるようになった。もちろん、このことは誰にも言っていない。他のことならなんでも打ち明けられるサラにすら内緒にしていた。

合奏は普段の会話にはない、特別のやりとりがあるように思う。相手の細かい仕草や息づかいまでをすべて把握し、互いに呼吸を合わせる必要がある。美しく音が重なり合ったときには、相手の深いところまでを理解できたような気がするのだ。

お兄さまは社交界入りを急がなくてもいいと言ってくださる。でも、それはわたしを気づかってのことではないのかしら？　本当のお心が知りたい、わたしのことをどう思っていらっしゃるのか教えていただきたい……。

「マリー」

不意に名前が呼ばれ、マリーはぴくりと反応して手元を止めた。

「今の小節、右手の指使いが間違っていた」

「はっ、はい！」

「それでは、変調するところからもう一度」

マリーは今度こそ心を落ち着けようとするが、なかなか上手くいかない。

心の弦を震わせるような切ないメロディが何度も何度も繰り返される。

兄は普段はとても厳しいが、それは本当にマリーのためを思ってこその態度だと知っている。彼のマリーへの接し方は出会った頃から少しも変わっていない。「妹」として変わらず大切に思ってくれているのは嬉しいことでもあり物足りなくもあり、複雑な気持ちだった。

外見が少しずつ娘らしくなってきたマリーを見ても、なんの感情も持ち合わせていないようで、それが寂しくてならなかった。

曲はほとんど暗譜している。たまに手元を確かめるだけで十分だ。だから、マリーはバイオリンを弾くアドリアンの横顔をずっと見つめていた。

時折、こちらの視線に気づいた彼が視線を向けると、パッと鍵盤に目を落とす。そんなことの繰り返しだった。

やがて、最後の一小節が終わる。マリーは緊張した面持ちで兄に向き直った。

アドリアンの口元がかすかになにかを紡ごうとしたとき、部屋の入り口から拍手の音が聞こえてきた。

ふたりが音のする方へと顔を向けると、いつの間にかそこにはアドリアンの実父であり、マリーの養父であるセリュジエ男爵が立っている。演奏に集中しすぎて、養父の手にしたステッキの音にも気づかなかったらしい。

白いものが混じり始めたブラウンの髪を後ろでひとつにまとめ、口ひげをたたえたその姿は、実年齢よりも老けて見られることが多い。痩せすぎで窪《くぼ》みがちになってしまった眼窩《がんか》や眉間に刻まれた深い皺がそう思わせるのかもしれなかった。

「ますます腕を上げたようだな、ふたりとも。私はすっかり観客席に座っているような気分になってしまったよ」

「父上、一声かけてくだされればよかったのに」

兄が椅子を動かし、養父に勧める。

しかし、養父は首を横に振ってそれを断った。そして、おもむろにアドリアンを睨みつける。

「お前の方こそ、礼儀知らずではないか、アドリアン。私に帰館の挨拶《あいさつ》もせず、マリーを部屋に連れ込んでなにをしていた。まさか、また着替えでも手伝わせていたんじゃないだろうな?」

養父の口ひげがかすかに震えている。怒りを抑えているときの独特の様子だ。続いて、彼の怒りの矛先はマリーに向かった。

「マリー、使用人のような軽々しい振る舞いをするんじゃないといつも言っているだろう。淑女は生涯の伴侶となった者以外の着替えを手伝ってはならないと決まっているんだぞ。ほら、いつまでこんな場所にいる。ピアノのレッスンなら、リビングですればいいだろう。さあ、早く来るんだ!」

そう言うと、養父は強引にマリーの腕を摑み、部屋から引きずり出そうとする。

その乱暴なやり方に、アドリアンが口を挟んだ。

「父上、これは私がマリーに頼んだことですから」

「頼まれたって断ればいいだけのことだ。それにアドリアン。お前は父親である私に刃向かおうとでもいうのか？　誰のおかげで今のお前があると思っている」

養父の含みがある言葉に、アドリアンが苦々しそうに口をつぐむ。その表情を見て、養父の口端が少し上がった。

「わかればいいんだ、わかれば。——そうだ、アドリアンが戻ってきたのなら良い機会だ。マリーの社交界入りの話を本格的に進めることにしよう」

「父上、マリーはまだ……」

先ほどのやりとりがあったからだろう、兄はすぐに反論してくれた。しかし、養父はその言葉に真っ向から挑んでくる。

「まだ？　まだ、なんだと言うのだ」

養父はそう言って威嚇したあと、マリーの背後に回り、その細い肩に手を添えた。

「お前だって社交界入りを願っているだろう。……そうだな、マリー」

「お父さま、わたしは——」

「お前の気持ちは私が一番良くわかっている」

戸惑うマリーに対し、養父は有無を言わせぬ口調で言い放った。

「サラに聞いたよ、舞踏会に参加する衣装のことで躊躇っているのだね。心配をすることはない。お前が王宮に上がるための準備はすでに整っているのだから」

「えっ……」

そんな話は初耳である。もちろん養父はマリーの社交界入りを熱望していたから、それなりの準備を始めていても不思議ではない。しかし、もうすでに準備万端とは思ってはいなかった。

養父は、戸惑うマリーの腕を迷いのない手つきで取る。

「私と一緒に来なさい、お前に見せたいものがある」

マリーはどうしていいのかわからず、アドリアンの方へ視線をやる。彼はまっすぐにマリーを見つめていたが、やがて諦めたように嘆息し、小さく頷いた。

「父上のお召しだ、行こう」

◆

『外に出てはいけないよ、マリー。お前はいつだって、この館の中に留まってなければならない』

それが、養父の口癖だった。

館の外には人さらいがいて、子供は皆連れて行かれるのだと教えられていた。

太陽の下で遊べないことは残念だったが、幼い頃はそれを特に不満に思ったことはなかった。

セリュジエ男爵の館は小さなマリーにとってはあまりにも広く入り組んでいて、制限があったとはいえその中を駆け回っているだけで楽しかったからだ。

マリーの部屋のある西の塔のてっぺんからは領地の遠くまでが見渡せたし、窓辺にパンくずを撒けば小鳥も訪ねてきてくれる。中庭への出入りは許されていたから、下男のポールが丹誠込めて育てたバラ園も満喫することができた。

しかし、ときどきは納得のいかないこともある。

ごく稀にこの館にも客人が立ち寄ることがあったが、そのときには西の塔に閉じこめられてそこから出ることを禁じられた。

兄のアドリアンは客人の接待を申しつけられるのに、自分は挨拶することすら許されない。それが何故なのか納得できず、だだをこねて養父を困らせたことが何度もあった。

『早く大人になりなさい。どこに出しても恥ずかしくない貴婦人になれば、それからはすべてお前の自由にしていいのだよ』

泣きじゃくるマリーを、養父は必ずそう言ってなだめた。なにもわからない小さな子供のままでは客人の前に出せない、マリーはそう言われているように思えた。

『どこに出しても恥ずかしくない貴婦人って？　……どうしたらなれるの？』

『そうだな、十五になって王宮入りを許されるようになったら。そうすれば、お前の行きたい場所へどこにでも連れて行ってあげるよ』

早く外に出たい、いろんな人に会ってみたい。

そのためには少しでも早く大人にならなければ。そう思って、教えられることを必死に吸収した。

明日が来るのが待ちきれなくて、館中の置き時計の針を勝手に進めてしまい、サラにひどく叱られたこともある。そうすれば時間が早く過ぎるのではないかと、子供ながらに考え抜いてのことだった。

無邪気だったあの頃がとても懐かしい。戻れるものならば戻りたい。しかしそれができるはずもない。

養父に強引に腕を引かれながらも、マリーは子供の頃の懐かしい出来事を次々に思い起こしていた。

セリュジエ男爵家に養女として引き取られてからずっと、館の西半分がマリーの自由に立ち歩ける空間だった。

正面玄関を入ってすぐの扉の間、そこより東側には足を踏み入れてはならない。養父からそうきつく言われていたし、マリー本人もその言葉に素直に従っていた。

今日初めて、未知の空間に足を踏み入れる。

ゲストルームを通り過ぎて東の塔に進むと、そこは昼下がりにもかかわらずひんやりとした空気に包まれていた。

明るい西側とはなにもかもが違う。なんとも重苦しい雰囲気に、マリーは知らず身震いしていた。

何故、このような場所に連れてこられたのだろう。

「さあ、この部屋だよ」

養父は北に面した重厚な鉄製の扉の前に立つと、そこでようやくこちらを振り向く。ランプをつけないと足下もおぼつかないような暗がりの中で、彼の瞳だけが吹き抜けの天窓から差し込むわずかな光を受けてキラリと輝いた。

扉の向こうはかなりの広さがある衣装部屋だった。いつの間にかサラも到着していて、彼女は部屋中の灯りをつけて回っていった。

「ここに入るのは久しぶりだが、なにもかもが昔のままだな。懐かしいものだ」

養父は感慨深げに部屋をぐるりと見渡していた。

柔らかい蝋燭《ろうそく》の炎に浮かび上がるのは、何十枚ものドレス。どれもが目を見張るばかりの細かな装飾が施された見事な仕上がりのものばかりだった。

「すごい……」

いつの間にここまで揃えたのだろう、あまりの豪華絢爛《ごうかけんらん》さに目の前のすべてが幻に見える。手で触れたとたんにすべてが消えてしまうのではないかと思え、近づくことすら躊躇われた。

それだけではない、隅に置かれたガラス戸のついた棚には、靴やアクセサリー、髪飾りなどの小物もずらりと揃っている。

「お父さま、これはいったい……」

戸惑うマリーに養父は生き生きとした表情で答える。

「この紫のドレスが一番似合いそうだな。マリーの瞳と同じ色だ」

そういって養父が差し出したドレスは、向こうが透けるほど薄い布地が何枚も重ねられている、とても繊細な作りのものだった。光の加減で輝きが変わるのは特殊な糸が織り込まれているからだろう。胸元には複雑な編み方のレースやキラキラ光る宝石もちりばめられている。

マリーはごくっと唾を飲み込んだ。

確かに素晴らしいドレスである。子供の頃にいつか自分が舞踏会に行くことになったら着てみたいと夢見ていたものが、そのままかたちになって目の前に現れたようだった。

「そんな、わたしには……もったいなくて」

力なく首を振ると、その場にへなへなと座り込んでしまう。

どうして、これだけたくさんのドレスや装飾品を集めることができたのだろう。いったい、その資金はどこから？　考えることが多すぎて、頭が混乱してしまう。

マリーは考えがまとまらず、戸惑うばかりだった。

「なにを言う、ここにあるものはすべてお前のものだよ。お前の——お母さまが遺したものだから」

「……えっ？」

大きく目を見張るマリーに、養父は微笑んだ。

「だっ、だって……わたしは……」

山火事の中から助け出されたものの、身元不明のままこの館に引き取られたと聞いている。それなのにどうして、母親である人の持ち物がこの館にあるのだろう。

「お前のお母さまはね、あの十数年前の山火事で命を落とした、私の実の妹――ソフィだ。つまり、お前は私の姪に当たるのだよ。ここにあるのは彼女が嫁ぐまで身につけていたものだ」

「わたしのお母さまが、お父さまの妹？　それは本当のことなの？」

そのような経緯で引き取られたのなら、どうして今まで本当のことを話してくれなかったのか。

「今まで黙っていてすまなかった。お前は火事のショックで記憶をすべてなくしていたし……ほかにも少し入り組んだ事情があってね」

養父はそこまで言うと、マリーの小さな右手を取ってゆっくりと立ち上がらせる。そのまま彼女の手を引きながら、ドレスの間を進んでいった。

「私の妹、ソフィは現ルナン王の妃であった。つまり、お前は王女なのだ。そして、このことが公になれば、お前の王位継承権は第一位になる」

「わたしが……ルナン王の？」

「そうだ。後添えとして迎えられた現王妃には子がない。だからお前が次の王座に一番近い場所にいるのだよ」

秘密を打ち明ける興奮からか、養父の頬が紅潮していた。

マリーはその表情を、息を潜めて見守る。

小国ルナンを統治する、ルナン王。それが自分の父だと言われても、にわかには信じがたい。

「あれは……不幸な事故だった。ソフィはお前と一緒にこの館に戻る途中に山火事に巻き込まれてしまったのだ。知らせを受けて私とアドリアンが駆けつけたときには、もう手遅れだった」

そこで、養父は辛そうに息を吐き出した。

「ソフィの話によれば、当時お前は何者かに命を狙われていたらしい。それで、ソフィはお前の身を案じ、密かに王宮を抜け出したのだ」

「そんな……」

「お前には辛い話になるだろうがよく聞いてくれ、マリー。当時、王宮にはソフィのことを快く思わない者が大勢いた。お前の母は身分の低い男爵家の娘でありながら、当時は王太子であったルナン王と恋に落ちた。ふたりの結婚には反対の声を上げる者が大勢いてね、私も正直不安ではあったのだよ」

マリーの手を握る男爵の手にぐっと力がこもった。

「そんな危険な場所にお前ひとりを帰すわけには行かなかった。そこで、この館に匿い、人目につかないようにひっそりと育てることにしたのだ。館から一歩も外に出さなかったのも、客人に姿を見せないようにしたのも、すべてお前の身を守るためだった。長いこと、不自由をさせてすまなかった」

　養父は悲しげに俯いた。

「王宮でのソフィの暮らしは辛いことばかりだったらしい。もちろん、夫となったルナン王はソフィのことを深く愛してくれて、お前という可愛い王女も生まれた。しかし、ソフィを王妃の座から引きずり下ろそうとする者はあとを絶たず、頻繁に嫌がらせを受けていたという。そしてとうとう、マリーの料理に毒を盛られる事件が起こってしまった。そのときは女中が誤って皿を落とし料理を床にぶちまけたから大事には至らず、それをうっかり口にした番犬が命を落としたわけだが……。結局毒を仕込んだ犯人は見つからず、いよいよ追い詰められたソフィは、あの日お前を連れて王宮から逃れ、私に助けを求めるつもりだったようだ」

　あまりに恐ろしい話に返す言葉も浮かばない。恐怖を遙かに超えて、吐き気すら覚えた。

　もしも助け出されてすぐに王宮に戻されていたら、自分は今、この世に存在していなかったのかもしれないのだ。

　無事生きて今日を迎えられたのは、養父の機転があったからだ。

「マリー、こちらをごらん」

部屋の突き当たりまで来ると、養父は壁を指さした。

石壁の一角に、大人の男性が両手を広げても届かないほどの大きな布がかかった場所があった。養父はゆっくりと濃紫のその布を外していく。

布の下から現れたのは、一枚の肖像画であった。

「……!?」

そこに描かれていた人物を見て、マリーは言葉を失った。

描かれていたのはひとりの少女。年齢はマリーと同じくらいに見える。

レースがふんだんにあしらわれたローズピンクのドレスをまとい、色とりどりの宝石を胸や髪に飾った彼女は、匂い立つような甘い微笑みでマリーを見つめていた。

こんなことが、本当にあるなんて。

その絵の中の少女は、マリーとうりふたつだったのだ。

髪の色、瞳の色、肌の色。そのどれを取っても違うところが見つからない。これではまるで、鏡を覗いているようだ。

ただ、絵の中の少女の方が、今のマリーよりも若干大人びているようには見えた。きちんと化粧を施され、正装しているということもあるのだろう。

「この方が……」

「そうだ、お前のお母さま、つまり私の妹のソフィだ」

親子であれば、ある程度面差しが似ることもあるだろう。しかし、ここまでそっくりだなんて。

しかも、それを知らなかったのは、この館ではマリーひとりだけだったのだ。

皆がわたしにお母さまの面影を重ねていたなんて――。

しかし、養父はマリーの戸惑いなどまったく気にする様子もない。この上なく愛おしいものを見つめるように、こちらに眼差しを向けてくる。

「本当によく似ている。まるで、ソフィが戻ってきたようだ」

「お父さま……」

なんと受け答えしたらいいものか。どうにも考えがまとまらないマリーに対し、養父は思いも寄らないことを言い出した。

「マリー、私はお前をルナン王にお返ししたいと思っているのだよ」

「えっ……」

大きく目を見開くマリーに、養父はさらに言葉を重ねる。

「私は王宮への出入りを禁じられた身であるから、詳しいことはわからないのだが……アドリアンの話によれば、ソフィを亡くし、お前も死んだと聞かされてからの陛下は以前の快活な性格からは信じられないほどに塞ぎがちになり、ついには床につくようになってしまったらしい。執務に携わる気力もなくなり、今は左大臣であるフォーレ公爵がすべての政《まつりごと》を代行しているそうだ。陛下はまた妃をむかえたものの今もソフィひとりを想っていらっしゃるに違いない……誠においたわしい限りではないか。しかし、ソフィとそっくりに成長したお前の姿を一目ごらんになれば、必ずやお気持ちを立て直し、お元気になっていただけるだろう」

「そんな、でもわたしは……」

国王陛下が実のお父さまだと言われてもいったいどんな方なのか、そのお姿を思い出すこともできない。慣れ親しんだこの館を離れ、見ず知らずの場所に行くなんて想像もつかなかった。

「私はこれまでも、再三にわたり陛下への謁見を願い出ていた。しかし、陛下のご意向に沿わないからと断られてしまっている。王宮には未だ、ソフィを良く思っていない人間が多く残っている。その筆頭がフォーレ公爵だ。陛下の体調が優れないのをよいことに王宮を牛耳っている。奴が、裏で糸を引いて陛下のお耳に入れていないに違いない。もしもお前の王女の証さえ見つかれば、すぐにでもお目通りが叶うのだが……」

「王女の証？」

「そうだ、どのような形状のものなのか私も詳しくは知らないが、建国以来、王が王女殿下に差し上げる習慣があるらしい。とにかくそれを所持していることで王女であることが証明される。当時も焼け跡をずいぶん探したのだが、どうしても見つけることができなかった。マリー、お前にはなにか思い当たることはないのかい？」

そのように尋ねられても、初めて聞く話だ。マリーが力なく首を横に振ると、それを見た養父もわかりやすく落胆の表情を浮かべた。

「そうか、……やはりなにも覚えてはいないのだな」

養父は口惜しそうに溜息を漏らした。

「それならば仕方ない。まずはお前を私の娘として社交界入りさせ、舞踏会に集まった連中にその存在を知らしめる。お前の今のその姿を見て驚かぬ者はいない。噂が噂を呼び、そのうちにルナン王のお耳に入ることになるだろう。そして直々にお声がかかるはずだ。ことによっては、謁見の仲立ちをしてくれようとする心強い同志も現れよう」

「でも、お父さま……」

「わかったな、マリー。これからはソフィの代わりにお前がルナン王をお支えするんだ。フォーレ公爵のせいで腐敗したこの国を蘇らせるためにはどうしてもお前の力が必要だ」

養父はマリーの両肩をぐっと摑んで言った。

「お前にこんな血なまぐさい話をするのは、気が進まなかったのだがね。どうかこの父を許しておくれ。私はいつでもお前の幸せを切に願っているのだよ。お前が一日も早く実のお父上にお目にかかれるよう、私にできることはなんでもしよう。ソフィを亡くしたときに私はそう誓ったのだ」

「お父さま……」

「この部屋にあるものは、どれでもお前の自由に使いなさい。二十年近く前の衣装だから多少は古めかしいが、どれも上等な品ばかりだ。サラに少し手を加えてもらえば、今でも十分に通用するだろう。……私は用があるので書斎に戻るが、お前はしばらくここにいるといい」

養父はそう言い放つと、別人のような軽快な足取りで部屋を出て行った。

肖像画の前にひとり残されたマリーは、想像もしていなかった事態にうろたえるばかりである。

「わたしが……王女？　まさか、そんな……」

なにひとつ覚えていない。それがなによりも辛かった。

あれだけの大火だったのだから、自分の家族が巻き込まれていた可能性もあるだろうとは考えていた。それにそう聞かされてもいた。しかしまさかこんな真実が隠されていたとは。にわかには信じがたい。しかし目の前の肖像画がすべてが揺るぎない真実であることを告げている。

自分が突然、まったく違う人間になってしまったようで怖い。

信じていたはずの世界が足下から崩れ去り、マリーの心はすっかり行方知れずになっていた。

「マリー」

ふわりと右肩が温かくなる。振り向くと、アドリアンがマリーの肩に手を置き、心配そうにこちらを見つめていた。

「……お兄さま……」

「大丈夫か？」

その言葉を聞いた瞬間、両目からぽろぽろと涙が溢れ出してきた。

胸が不安と恐怖で押しつぶされそうだった。限界を超えた緊張が、マリーを追い詰めていく。

「心配するな。気が進まないのなら、私から父上にお断り申し上げよう」

泣きじゃくるマリーをいつもどおりの静かな眼差しで見つめ、アドリアンは優しく諭すように言う。しかしマリーは大きく首を横に振って、兄のシャツにすがりついた。

「いいえ、そんなことは無理よ。お父さまはもう、お決めになっているもの」

養父の話が本当ならば、王宮はとても恐ろしい場所だ。強く勧められたとはいえ、さすがにふたつ返事では頷けるものではない。

しかし、養父の言葉は絶対なのだ。異を唱えたりしたら、どんな仕打ちが待っているかわからない。

屋敷の中庭の隅には、小さなお墓がある。それはまだマリーが幼い頃、目の前で父に斬り殺された野良猫のものだった。

どんな理由からだったのかは覚えていない。ただ、養父の意に反した言動をしたことで逆鱗に触れ、大切な友達の命を奪ってしまったのだ。

兄はそのころ長いこと屋敷を留守にしていたので、父のあの逆上ぶりを知らない。だから、マリーが養父に対して強く怯える理由をわかってくれないのだ。かといって、マリーの口から真実を告げるのも躊躇われた。兄を前に父を悪く言うのは、やはり気が引ける。

社交界入りのための段取りを着々と取り付け、兄が戻ってきたタイミングで真実を切り出す。そのすべてが、周到な計画の上に成り立っているものだったのだろう。

「父上のご意向よりも、まずはマリー自身の気持ちが大切だろう」

「それは……」

社交界入りを拒むことは、もはや不可能なのだ。

もしも今ここで本当の気持ちを伝えたとしても、兄を困らせるだけだろう。

「お兄さま、ひとつ聞いてもいい？」

「なんだ？」

「その……国王陛下のお加減はそんなにお悪いの？」

ルナン王の体調が優れないという話も、今日初めて耳にしたことだ。国政を執る立場にある方がそのような状態では様々な支障が出てくるだろう。政治のことなどよくわからないマリーであっても、それくらいは察しがつく。

それに、養父がそこまで陛下に対して思い入れがあったというのも意外であった。妹婿であるのだから近しい関係と考えるのも当然とも思えるが、山火事以降の男爵家に対する王宮の仕打ちを考えれば、あそこまで忠義を尽くせることに驚かされる。

「さあ、実際のところはなんとも言えない。私は一度もお目にかかったことがないのだ」

「……お兄さまでも？」

国王軍の幹部ともなれば、王政とも深い関わりを持つことになると聞いている。そのような立場にあってもお姿を見ることがないとなると、やはり相当にお悪いのだろうか。

「その方が……わたしの本当のお父さまなのね」

自分がお目にかかったところで、突然お元気になられるとは思えない。マリー自身、お顔も覚えていないのだ、懐かしいという気持ちも湧いてこなかった。

「なにも、急いで結論を出す必要はない。時間をかけてゆっくり考えればいい」

「でも、お兄さま……」

すでに運命の歯車は動き始めている。もう止めることはできないと思う。

「大丈夫だ、すべて私に任せなさい。たとえなにがあろうと、お前のことは私が最後まで守ってみせる」

兄の瞳がまっすぐに自分を見ていた。

その言葉で、はっきりと覚悟が決まった気がする。そうか、わたしはひとりぼっちではなかった。きちんと支えてくれる人がいる、だとしたらその想いに報いるだけのことをしなければ。今までできなかったぶんも、勇気を出して。

いつまでも縮こまっていても仕方ない、まずは恐れずに動いてみよう。難しい問題にぶつかったらそのときに考えればいい。

一度目を閉じ呼吸を整えてから、マリーは震える胸を押さえつつアドリアンを見上げた。

「お兄さま……わたし、王宮に行くわ。そして、国王様にお目にかかって、お兄さまやお父さまがどんなに素晴らしい方なのかをお伝えするの。そうすればきっと、セリュジエ領にも以前のような賑わいが戻ってくるはずよね」

どちらにせよ、いつかはこの館を出て行かなくてはならないのだ。そうだとしたら、一番の恩返しができる道を選びたい。もしも願いが叶わなければ、また別の道を進めばいいだけだ。

「マリー……」

「お兄さま、わたしは大人になったんだもの。きっと頑張れるわ」

必死の微笑みを浮かべるマリーに、アドリアンは何故か悲しげに目を細めた。

「お前がそう決めたのなら、私はそれに従おう」

マリーの視線は自然と壁にかけられた肖像画に向けられる。

母ソフィは動かない微笑みのままで、ふたりを静かに見下ろしていた。

◆

マリーを西の塔に見送ったあと、アドリアンは長い階段をのぼりつつひとり思案に耽っていた。

父は早くから、マリーが社交界入りすることを待ち望んでいた。そのために彼女を館に引き取ったと言っても過言ではない。

確かに彼女は、父の期待どおりの美しい娘に育った。淑女としての教育にはやや行き過ぎたところもあったようだが、その期待にもすべて応えている。立場上、王宮に立ち入る機会の多いアドリアンの目から見ても、今のマリーなら社交界で十分通用すると思う。

国王軍の遠征に出かけることになった一年前、乗馬用のマントを掴み「早くお戻りになって」と心細そうに泣いていたはずの少女が、なんという変貌ぶりだろう。彼女はもう、小さなマリーではない。

戸惑いが先に立ち、いつもどおりに抱きしめてやることがどうしてもできなくなっていた。

とある忌まわしい因習のせいで不遇の幼少時代を過ごしたアドリアンにとって、マリーは唯一無二の存在であった。逃げ場のない火の海の中、自分の手を掴んだ柔らかくて小さな手に救われ、今日まで生きてきた。

否、むしろあの火事の中で一度命を落とし、マリーによって新たなる命を与えられたとすら思っている。

だから、なんとしても守らなくてはならない。彼女を危険に晒《さら》すことなど、あってはならないのだ。

しかし……この展開はどうしたものだろう。

まさか、マリーが国王陛下への謁見を希望するとは思わなかった。

どうにかして、父の計画を阻止しなければならない。

だが、あの父に真っ向から挑むことは良い判断とは言えない。今のままでは分が悪すぎる。自分が強く出れば、父は必ずやあのことを引き合いに出してくるだろう。

すべては炎の内に葬り去られたはずの事実を、どうして父が知りうるところになったのかはわからない。領主としての役目をほぼ任される立場になっていても、アドリアンの言動は不本意ながら父によって支配されていた。

だから、十分に策を練って臨む必要がある。だが今回は、そのための準備の時間が少なすぎた。

幸いなことに、自分はマリーから絶対的な信頼を寄せられている。ふたりの関係はそう簡単には揺るがないだろう。そのことを利用するしかない。

マリーは自分だけのものだ、他の誰にも渡すわけにいかない。それはもう炎の中で出会った瞬間から決まっていることなのだ。

第二章

雲ひとつなく晴れ渡った空の下を出発した馬車は、緩やかな丘を軽快に登っていった。

通り過ぎる杉並木も、館の窓から見下ろしているのとはだいぶ趣が変わっている。なにもかもが物珍しくて、いくら眺めていても飽きない。

「すごいわ、館があっという間にあんなに遠くに。もう見えなくなりそうだわ」

走り出したばかりの馬車の窓に額を押しつけ、マリーは刻一刻と変わっていく風景に見入っていた。

セリュジエ男爵家では、長らく馬車を仕立てていなかった。アドリアンの移動は馬を使えばいいので、その必要がなかったともいえるだろう。

納屋に眠ったままになっていた古めかしいそれを修理し、見違えるように美しく生まれ変わらせたのは、侍女サラの連れ合いであるポールだ。彼は今、いつもよりも上等な服に身を包み、二頭立ての馬の手綱を取っている。養父は新たに従者を雇うことはしなかった。

「馬車って、とても速く走るのね、お兄さま。まるで、風があとから追いかけてくるようよ」

マリーは驚きを隠しきれずに声を上げ、髪を揺らしながら振り返った。

隣に座るアドリアンは、緻密な刺繍が全面に施された紺色のコートとレースの縁飾りのついたシャツに身を包んでいる。

「マリー、少しは落ち着きなさい。まだまだ先は長い」

彼が短く言葉を発すると、肩先までの黒髪がさらりと揺れる。

軽く諫《いさ》められても、マリーも今ばかりは聞き入れることなどできなかった。

「嫌よ、ただ前を向いてじっと座っているなんて。こんな素晴らしい風景を見逃すことなんてできないわ」

これまで男爵家の屋敷から一歩も出たことのなかったマリーにとって、目に映るすべてが新鮮で興味深い。落ち着かなくてはと思っても、弾む気持ちがはみ出してしまうのだ。

「あそこにも見たことのない花が咲いているわ。いったい、どんな香りがするのかしら?」

いつもよりもおしゃべりになっている自分に気づき、思わず苦笑いしてしまう。

「ほら、きちんと座って。こちらを向きなさい」

肩に手を添えられて姿勢を正されれば、言うことを聞くしかない。

エメラルドの瞳がふっと細くなる。兄はしばらくなにかを思案するように、じっとマリーを

見つめていた。

「……お兄さま？」

マリーの言葉に我に返ったのか、彼はひとつ咳払いをした。

「出掛けに聞いたサラの言葉を覚えているだろう。淑女の装いをしたのなら、それに見合う態度を心がけるように」

穏やかな口調ではあるが、有無を言わせぬ強さがその響きの中に込められている。

マリーは改めて、自分が今身につけているドレスへと目を落とした。

瞳の色に合わせた薄紫のドレスは、細部までとても丁寧に仕立てられている。サラの見立てによれば、やはり母の遺したドレスは多少デザインが古めかしかったようだが、そこは得意の裁縫で上手に手を加えてくれていた。

繊細なレースやリボン飾り、そして胸元にちりばめられた宝石が、マリーの身体を優しく包んでいる。

大きく膨らませたスカートの裾からは、ギャザーをたっぷり寄せられたペチコートが見え隠れし、膨らんだ袖からはほっそりとした白い腕が伸び、色づき出した娘らしさを際だたせていた。

腰まで伸ばした柔らかな鳶色の髪は毛先を美しく巻かれている。サラの念入りな仕事のたまものだった。首を動かすと、耳元で巻き毛が揺れてなんともこそばゆい。

初めてのおしろいの匂いが鼻を突く。口元にもほんのりと紅を添えられていた。支度をすべて終えて鏡の前に立つと、肖像画の中の母にさらによく似ているように感じられた。養父は仕上がりを手放しで褒めてくれたが、マリーは落ち着かなかった。母ソフィにそっくりだと言われるたびに、自分の存在がとても頼りないものに思えてくるのだ。

このドレスを身につけたときの緊張感が、胸に蘇ってきた。

「わかったわ、お兄さま」

その神妙な面持ちを見て、アドリアンの表情が少し和らぐ。

「無理にはしゃぐ必要はないんだ」

「……お兄さま」

マリーは花色に染まった口元をかすかに震わせた。

もちろん、不安な気持ちは今も大きい。けれど、兄が側にいてくれるのだから大丈夫。そう信じていた。

養父から自分の身の上を聞かされてから一週間。

普段となにも変わらないように過ごしているつもりでも、ふとした瞬間に底知れぬ恐怖が蘇ってきた。

舞踏会に参加するための支度で忙しくしていると、いくぶん気は紛れたが、それでも夜ひとりになるとなかなか眠れなくなる。黒犬のリアンがいつでも側にいてくれたが、今度はそのリアンがどこかにいなくなってしまう夢にうなされることになった。

気持ちが落ち着くまでにはもうしばらくかかりそうである。

マリーは小さく溜息を吐くと、座席に背をもたれた。軽く目を閉じると、馬車の心地よい振動が身体を揺らすのがよくわかる。

いつもよりも早起きをした疲れがすでに出ているのか、ふっと意識が途切れそうになった。

そのとき不意に、兄に声をかけられる。

「ごらん、マリー。このあたり一帯がブロンディルの丘だよ」

「あ……」

目の前には今までとはまったく違う風景が広がっていた。その荒廃した有様に、マリーはごくりと唾を飲む。

知っている、この場所。

焼け焦げた木々、枯れ果てた大地。

繰り返し夢の中で見たのと同じ光景がそこにあった。

「……やっ、怖い……!」

刹那、赤々と燃えさかる炎が視界を覆った気がして、マリーは無意識のうちにアドリアンにしがみついていた。

「大丈夫、山はもうお前に襲いかかってはこない」

そう言いつつも、彼の視線は窓の外に向けられたままだった。

けれど、しがみついた腕を振りほどかれることはない。そのことに、胸をホッと撫で下ろす。

「この場所は……あれから人の手が加えられていないのね」

十数年も経ったのだ、火事の爪痕は跡形もないほどすべて片付けられているのだと思っていた。だが、実際はそうではなかったらしい。

以前この一帯は良質の茅《かや》も多くとれる場所だったと聞いている。油分が多く水をはじくので民家の屋根や屋敷囲いに重宝され、セリュジエ領での収入源のひとつになっていたという。

「国王軍の仕事が忙しくて、なかなか領地の細部にまで手が回らないのが現状だ。父上はあのとおり、すっかり隠居状態になってしまっているしね」

謹慎処分のこともあったが、それにも増して彼の妹ソフィを失ったショックが大きかったのだろう。養父の深い嘆きが、すべてを知った今はよくわかる。

「わたしが今こうして生きていられるのは、お兄さまとお父さまのおかげだわ。だからおふたりのためだったら、わたしは頑張れる」

今まで重ねてきた努力は、きっとこのためにあったのだ。

「マリー、焦っては駄目だ。慣れるまでは慎重に事を運ぶ必要がある」

アドリアンの諭すような言葉に、マリーは静かに頷く。

「ええ、わかっているわ。今日のわたしはマリーじゃなくて、エミリーね」

「そうだ。長い間消息不明になっていた私の妹、それがお前だ。今日のところは目立った動きをする必要はない、様子見と考えればいい」

王女の名は封印することになった。それは養父の提案である。王に娘と認めてもらえる確たる証拠が揃うまでは、王女としての名前を伏せて様子を見るということになったのだ。

真実を告げるのは、もうしばらく先になる。

それまでは、慎重に進めなければ。

まずは、王宮に上がった人々の目の前にこの姿を晒す。そして存在を印象づけるのだ。

そこから周囲の反応を見て戦略を立てていくことになっていた。

立ち枯れの木々の間から、真っ赤に燃える空が見える。

そろそろ夕暮れが近い。凍えた風が大地を舐めながら通り過ぎていく。

この丘を越えれば、領地境はもうすぐだ。

マリーはアドリアンとその風景を見送っていた。

「……お兄さま」

「なんだ？」

「この間もあの夢を見たの、最後にちゃんとお兄さまが助けに来てくれたのよ。本当に……お兄さまがいてくれて良かった。そうじゃなかったら、わたしは今ここにいなかったのね。すべてはお兄さまのおかげよ」

見ると、アドリアンの瞳は、少し揺れていた。

「……そうか」

それきり、兄は窓にもたれかかって目を閉じてしまう。マリーもそんな彼にそっと寄り添った。

◆

マリーが、今も山火事の夢を何度も繰り返して見ていることは知っていた。

しかし、その内容は真実と少し違っている。

あのときのアドリアンは乗馬用のマントなど身につけていなかったし、マリーの夢に出てくる青年よりもいくらか年若であったはずだ。

きっと、夢が繰り返されるごとに彼女の中でいつの間にか記憶が乱れ、内容が徐々に書き換えられてしまったのだろう。

傍らですっかり寝入っているマリーを確かめてから、アドリアンは自分の両手を目の前に広げた。夕暮れの朱に照らし出され、手のひらは鮮やかすぎる血色に染まっている。背筋を冷たいものが通り過ぎ、思わず身震いしそうになった。

アドリアンもまた、忌まわしい記憶に囚われていた。しかしこれは夢ではなく確かな記憶である。

あの日、燃えさかる炎の中を彷徨い続けていた。これですべてが終わる、なにもかもが焼け落ちてしまえばいいと願いながら。

マリーには詳しく話していないが、アドリアンもまたあの山火事で母親を亡くしていた。

しかし、母に対する思慕の念はまったくといっていいほど持ち合わせてはいない。誰かに薄情者だと言われたとしても、言い返すことはできなかった。

あのときのアドリアンが知っていたのは、自分がこのまま焼け死んでしまっても誰も悲しまないという事実だ。だからどうなろうと構わない、とすら考えていた。

それなのに、身体は勝手に火の気のない場所を選んで歩いていたのだから、笑ってしまう。

木こりたちの往来が激しいために茅が踏み固められてできた風の通り道。万が一の山火事の際には避難路となるのだと聞いていたが、それは真実であった。

あてもなく進んでいくと、行く手にひとりの小さな女の子がしゃがみ込んでいた。

どうしてこんな場所に、小さな子供が。恐怖に泣きじゃくっているその子に、戸惑いつつも腕を伸ばしていた。

『……誰……？』

大きなすみれ色の目が、アドリアンを見つめていた。彼女の表情がみるみるうちに安堵の色に染まっていく。すぐ側まで炎が迫った状態なのに、思わずその顔に見入ってしまった。

『こんなところで、どうしたんだ？』

尋ねてみると、彼女は大きく首を横に振った。

『お母さまが……』

彼女はぽろぽろと涙をこぼしながら、アドリアンの手をぎゅっと握りしめた。

『このままだと、みんな燃えちゃう。逃げなさいって、言われたのに……！』

そう叫んで、小さな身体が抱きついてきた。一心にすがってくる柔らかなぬくもり。この命は自分の助けなくしては生きながらえることができないのだ。

この子を守りたい。

それは本能に近いものだったのかもしれない。けれどそのとき初めて、生きようと思った。

あのときの気持ちは今でもアドリアンの心の一番大切な場所にある。

この命はマリーによってもたらされたものなのだ。


「……うん……」

アドリアンの肩にもたれかかっていたマリーが小さく身じろぎする。そっと手を伸ばして柔らかな髪に触れた。

彼女は自分の運命が大きく変わり始めていることに、気づいているのだろうか。

まさかひとりで行かせるわけにもいかず同伴したが、内心は複雑であった。

さあ、どうしたものか……。

あの日、胸に飛び込んできた雛鳥は、今もこうしてしっかりと腕の中に収まっている。

しかし、鳥籠の扉はすでに開いてしまった。

マリーは大きく羽を広げ、飛び立とうとしている。

とりあえずは、その心意気を認め、助ける振りをするしかないだろう。

◆

王都ルーローの素晴らしさは想像以上だった。

通用門を通り過ぎて石畳の街道を馬車で進むと、その沿道には煉瓦《れんが》造りの建物がずらりと立ち並んでいる。その窓辺には美しい花が飾られていた。

なによりもマリーが驚いたのは、通りからあふれるほどの人の多さである。

「すごいわ、お兄さま。こんなにたくさんの人を見るのは、生まれて初めてよ。収穫祭のときだって、これほどの人出はなかったわ」

細い路地の向こうには野菜や果物を並べた市場も見える。大きなかけ声や、賑やかな笑い声。なにもかもが物珍しくて、マリーは胸をときめかせていた。

「あの手押し車に乗せられている果物はなんという名前かしら？　ほら、あそこに広げられている敷物の美しいこと……！」

「約束を忘れたのか、マリー。きちんと座っていなくては駄目だ」

アドリアンは、呆れたような表情で言う。

「それに、お前がこの風景を見るのは今日が初めてではないはずだ」

その言葉に、マリーの表情がにわかに曇った。

「……ごめんなさい、お兄さま。やっぱり、なにも覚えていないわ」

懐かしい風景を見れば胸に過ぎるものがあるかと期待したが、それは無理だった。

この先、国王陛下に謁見する幸運に恵まれたとしても、母ソフィにうりふたつというだけでは王女であることを信じてもらうのは難しい。

だからこそ、王女の証に繋がるような記憶を呼び起こしたかった。少しでもいい、過去のことをなにか思い出せないだろうか。心からそう願うが、なかなか上手くいかない。

がっかりして肩を落とした彼女を見て、アドリアンは少しだけ表情を和らげた。

「お前が謝る必要はない。こうして何度も訪れていれば、そのうちなにか思い出すこともあるだろう」

そうやって慰められても、やはりマリーの心は晴れなかった。

焦らなくてもいい、そう繰り返されるたびに気持ちばかりが空回りしてしまう。

かつて、自分がこんな場所で暮らしていたなんてとても信じられない。

マリーの記憶は、赤く燃えていたあの丘から始まっている。繰り返しあの夢を見るうちに、徐々に現実として認識するようになっていた。

過去の記憶のすべてを忘れさせるほど、あの炎が衝撃的だったということなのか。

「マリー、胸のリボンが曲がっている」

思考はそこで途切れた。

慌てるマリーより早く、アドリアンの指先がリボンをかたちよく結び直す。長い指先が首元をかすめ、胸がどきんと高鳴った。

狭い場所にふたりっきりで閉ざされていることに改めて気づき、とても落ち着かない気分になる。だけど、そんなことを考えているのは自分だけのようで、顔色ひとつ変えずに淡々としている兄を見ると、とても切なくなる。

城壁の中に入ると、さらに美しく壮大な世界が広がっていた。

ひとつの村がすっぽりと入ってしまうほど広大な敷地には丘があり川が流れ、その中では羊や馬も放牧されている。

周囲を花に囲まれた巨大な噴水からは水しぶきが立ち、向こうが白く見えるほどだ。

はじめはとても遠くに見えた王宮は、近づいてみるとその大きさに改めて驚かされる。縦にも横にも大きく、間近に立つと空がすっぽり隠れてしまうほどだ。

「すごいわ、お父さまの館が十も集まったみたい……！」

感極まった気持ちが、そのまま口から飛び出してしまう。それに対する兄の態度はやはり淡々としたものだった。

「十ではとても足りないな、この城はかなりの奥行きもあるのだから」

このように落ち着いているのも、日頃から王宮に出入りをしているからだろう。自分ばかりが目を輝かせたり胸を躍らせたりしてしまうのが、立場の差を見せつけられているみたいで少し悔しかった。

今はそんなことを考えているときではないと思いつつも、心の奥で拗ねてみたくなる。

やがて馬車が静かに止まると、ポールがやってきてドアを開けてくれた。まずはアドリアンが先に降り立ち、マリーに手を差しのべてくる。

「ドレスの裾を踏まないように注意しなさい。ゆっくり、落ち着いて」

貴婦人に対するような扱いを受け、マリーの胸が高鳴った。こんな日が来ることを、どんなに夢見ていたことだろう。

兄にしてみれば、淑女に対する当たり前の対応なのかもしれない。だが、今だけはなにも知らずに社交界入りを夢見ていた頃に戻りたくなる。

わたしは今、お兄さまと一緒に舞踏会に来ているんだ……。

無邪気だったあの頃、夢見ていた光景が目の前に広がっていると思うと感慨深い。

迷いはあったものの、舞踏会そのものがマリーにとって憧れの場所であることには変わりなかった。

ようやく立てた、晴れ舞台。

この先、どんな困難が待っていようとも、必ず乗り越えてみせる。胸を震わせる喜びとともに、改めてそう心に誓う。

「背筋をしっかりと伸ばして、まっすぐに前を見て歩きなさい」

兄の声が耳元で響き、マリーは大きく深呼吸する。

舞踏会は王宮正面から外階段を上がってすぐの大広間で開催されていた。

立ち並ぶ石造りの白い柱には美しい装飾が施され、高い天井からは豪奢なシャンデリアが数え切れないほど下がっている。

大輪のバラがたっぷりと活けられているのは、人間が何人でもすっぽり入ってしまいそうな巨大な花瓶。その表面にもまた天使や花の絵が細部まで緻密に描かれていて、見る者を魅了している。

なにもかもが生まれて初めて見るものばかり。マリーはあまりのまばゆさに何度も目がくらみそうになった。落ち着かなければと思いつつも胸の鼓動は高鳴るばかりで、緊張しすぎてドレスに足が絡みそうになる。

そのたびに、マリーの手を握るアドリアンの指先に力がこもった。暗に落ち着けと言われているのはわかるが、どうしても無理だった。

ふたりが広間に入っていくと、中の人々が一斉にこちらを振り向いた。次の瞬間、広間の隅々まで響き渡るようなどよめきが起こる。

「お、お兄さま……」

「心配するな、堂々としていればいい」

「でも……」

ある程度の覚悟はしていたが、これは想像以上である。最初は兄が注目されているのかと考えたが、どうもそうではないようだ。

美しい衣装に身を包んだ殿方や貴婦人の視線が、舐めるように刺すように、マリーの姿をなぞっていく。そこかしこから聞こえてくる衣擦れの音までが、自分を責め立てているように思えた。

扇を手に囁き合っている声が、耳に降り積もっていく。悪いことなどしていないのに、足が勝手にすくんでしまった。

こんな大勢の人を一度に見るのも初めてなのに、皆が揃って好意的とは思えない視線を投げかけてくるのが耐えがたい。

そんな中、アドリアンは落ち着いた声で、マリーの耳元に囁いた。

「マリー、まずは壇上《だんじょう》にご挨拶申し上げよう」

舞踏会の会場に到着したら、なによりも先に国王陛下と妃殿下にお目通りしなくてはならない。そこで名乗りを上げることで、初めて今宵の参加を許されることになるのだ。

事前に何度も確認したはずだが、ここにたどり着くまでの緊張で頭が真っ白になっていた。

「あちらだ」

兄の視線の先を見ると、一番奥の高い舞台に見事な装飾を施した椅子が二脚置かれていた。そこは広間の中にいる者たちを、余すことなく見下ろせる位置にある。人の身丈よりも高く作られた背もたれにはワイン色の布が張られ、金銀で美しく飾り立てられていた。

その一方には、目のくらむほどの輝きを放つ豪奢な金色のドレスをまとった婦人が座っている。彼女は髪を大きく結い上げ、そこにも数え切れないほどたくさんの宝石を飾っていたが、その面差しはどこか暗く瞳は宙を見つめているようにも見えた。

「あのお方が現王妃ジョルジーヌ様だ」

その言葉に、マリーは思わず息を呑んだ。

あの方が、現左大臣であるフォーレ公爵の妹に当たる方……。

養父の話では、現王妃はもともと国王陛下の婚約者であったが、母ソフィが現れたことで一度は婚約を破棄された身の上らしい。彼女こそが母に対する数々の嫌がらせを仕組んだ張本人ではないかと養父は睨んでいるようだ。

当時も頻繁に王宮に出入りしていたそうだから、王女であった頃のマリーは顔を合わせていたのかもしれない。

なにも覚えていないはずなのに、心臓がきゅっと痛くなる。身体が恐怖に震え出しそうになるのを、かろうじて耐えた。

「陛下は今夜もお出ましにならないようだな」

アドリアンの声に、マリーも小さく頷いた。

人前に姿を見せることがほとんどないという話は本当であったらしい。やはり、体調がかなりお悪いのだろうか。

そうであっても、お目にかかれないのは寂しい。たとえ直接お声は聞けずとも、そのお姿だけでも拝見したかった。

「そんなにがっかりすることはない。今夜のことは、いずれ国王の耳にも入るはずだ」

アドリアンはそう言って、マリーを勇気づけてくれる。

「王妃様にご挨拶申し上げよう。練習したとおりにすれば問題ない」

広間に溢れる程の殿方や貴婦人たちの視線は、今もマリーたちに釘付けになっていた。

やはり亡き王妃である母ソフィの面影を見ているのだろうか、青ざめ引きつった表情で見つめられるのは、あまり居心地の良いものではない。

こちらが声をかけるまでもなく人々は蜘蛛の子を散らすように左右に避けていき、瞬く間に王座に向かって一本の道ができた。

アドリアンはマリーの手を取ると、落ち着いた足取りで進んでいく。兄の堂々とした姿にならい、マリーも姿勢を正した。

ゆったりとした歩みに合わせて、ドレスがふわふわと揺れる。人々の眼差しもいつの間にか気にならなくなっていた。

やはり、お兄さまが側にいてくだされば、なにも怖くないのだわ……。

王座の前に立つと、アドリアンは胸の前に手を置き、頭を深々と下げた。マリーもそれに続き、ドレスをつまみ上げて頭を垂れる。胸の鼓動はさらに速くなった。

「久しぶりですね、アドリアン。先だっての遠征での活躍、わたくしの耳にも届いておりますよ」

王妃はそこでひとつ咳払いをしてから、鷹揚《おうよう》な口調で言った。

「……そちらの可愛らしい方はどなた？」

「はい、我が妹、エミリーでございます。このたび王宮入りのお許しをいただき、ようやく王妃様にもお目通りが叶うこととなりました」

凛と響くアドリアンの声に、会場からはふたたびどよめきが上がる。

周囲の人々がどんな表情をしているのかが気になって仕方なかった。しかし、この状態で後ろを振り向いて確認することなどできるはずもない。

「ほう……どうりで」

王妃の顔に、わずかばかりの安堵の色が浮かんだように見えた。

「エミリー。王妃様にご挨拶を」

兄に促され、マリーは一歩前に進み出る。今にも心臓が胸から飛び出してきそうだ。

「エミリーと申します。本日はお目にかかれて、光栄に存じます」

自分の声がひどく震えている気がして落ち着かない。

教えられたとおりの挨拶を終えても、マリーはなかなか顔を上げることができなかった。

「今宵はおおいに楽しむがよい」

その言葉に、ようやくそろそろと顔を上げる。

王妃は手にした扇子を広げると、自分の顔を扇いでいた。

表向きは平静を保っている様子であるが、その動揺ぶりは明らかである。アドリアンに声をかけながらも、彼女の眼差しはマリーに注がれていた。遠目に見ても、それがはっきりわかる。

「ありがとうございます、王妃様」

アドリアンはそう答えると、マリーの背に腕を回した。

「挨拶はこれで終わりだ。下がろう」

背中を押して促されても、足下が震えてなかなか歩き出せない。そんなマリーにアドリアンは耳元でそっと囁いた。

「上出来だ、マリー」

「本当に？」

自分ではとてもそうは思えないが、兄に合格点をもらえたのなら嬉しい。

「ああ。皆がお前を見ているだろう。これなら間違いなく噂になるはずだ」

周囲に聞こえないようにとの配慮なのだろう、さらに息がかかるほど耳元で囁かれる。

今宵はエスコートされる立場なので、いつになくふたりの距離が近い。急に親密な関係になった気がして、なんだか落ち着かなかった。

広い会場の片隅では、王宮専属の楽団が演奏を行っている。いくつもの楽器が同時に音を奏でるのを初めて耳にしたマリーはその光景に魅了された。チェロやコントラバスなど、書物の中でしか見たことがない楽器もある。

「なにか珍しいものでもあったか」

「あんなにたくさんの人が演奏をしているのを見るのは初めてだから、つい」

「あまりきょろきょろするんじゃない、怪しまれるぞ」

美しい音楽に導かれるように、会場に集まった男女が次々に手を取り合い、広間の中央へと向かっていく。

アドリアンは軽く周囲を見渡したあと、彼らにならうようにマリーの手を取った。

「私たちも一曲踊ろう。お前の存在がさらに印象深いものになるはずだ」

その指先からいつにない熱っぽさを感じ取り、マリーは驚いて兄を見上げた。

「え、でも……こんなに大勢の方がいらっしゃるのに……」

養父はマリーのダンスを褒めてくれたが、自分ではまだあまり自信がなかった。いきなりこんなにたくさんの人の前で披露するなんて、とても無理だと思う。

しかし、マリーのそんな戸惑いは兄には伝わっていなかった。

「こうして注目されていることが、むしろ好都合だ」

アドリアンは広間の中央までマリーの手を引いて迷いなく進んでいく。そこで一度手を離してこちらへと向き直り、すっと右手を差し出してくる。

お兄さまとダンスを踊ることができる……まさか、こんな日が来るなんて。

何度も何度も夢に見た瞬間を迎えたというのに、どうしても尻込みしてしまう。

上手く踊れなくてがっかりさせてしまったらどうしよう、そんな風に考えるとますます臆病風に吹かれてしまった。

これも舞踏会で注目されるための手段なのだとは知りながら、今は目の前の兄にどのような評価をされるかの方が気になる。

「どうした、早くしないと曲が終わってしまう」

アドリアンの涼しげなエメラルドの瞳がふっと細くなる。

彼はマリーの前まで進み出ると、慣れた手つきで彼女の手を取った。続いて、細い腰に手を回す。

互いの身体が触れ合うほどに近くなり、マリーの胸の鼓動はますます激しくなった。養父とのレッスンでは、ここまで身体を密着しなかったように思う。長身の兄に抱きかかえられる格好になっているから、さらに強く感じてしまうのだろうか。

ああ、どうしよう……お兄さまの体温が直に伝わってくるみたい。すごく熱い……でもどうしてこんなに安らげるのかしら。

まるで大きな翼に包まれているような気がする。

アドリアンの逞しい香りに包まれて身体を預けていると、そのうちに不安も躊躇いもどこかに行ってしまった。

最初のうちはおぼつかなく感じていたステップも、気づけば難なくこなせるようになっている。

こんなに足が軽やかに動くのは、アドリアンのリードによるところが大きいと思う。まるで背中に羽が生えたように身体が軽い。薄紫のドレスの裾が床の上で大きく弧を描く。

「……ここまで踊りこなせるようになっているとは正直驚いた」

「そっ、……そうかしら？」

互いに見つめ合えば、心の中まで見透かされてしまいそうで怖い。

兄にすべてを委ねていることが心地よくてたまらなくて、このままずっと曲が続けばいいと思ってしまう。

ずっとずっと、こうしていられたら。いつまでもお兄さまのことだけを感じていたい。

「……もう、小さなマリーではないんだな」

感慨深げな表情で囁かれ、マリーの胸が熱く震えた。

「お兄さま……」

燭台の炎が幾重にも広がり、幻想的な雰囲気を作り上げている。動きに合わせて、アドリアンの黒髪がさらさら揺れ、その毛先に光が当たって煌めいた。

音楽に身を任せていると、まるでここがふたりだけの世界のように思えてくる。

マリーはうっとりと目の前の兄を見上げた。

もう周りの喧噪など、少しも気にならない。兄の柔らかな眼差しとぬくもりだけが優しくマリーを包んでいた。

「疲れただろう、少し休憩しよう」

三曲ほど続けて踊ったところで、アドリアンは踊りの輪からマリーを連れ出す。

「ここで待っていなさい。飲み物を持ってくる」

そう言うと、彼は軽食の用意されたテーブルの方へと歩いていってしまった。マリーはひとりでぽつんと取り残されてしまう。

こうなってしまうと、右も左もわからない。マリーは落ち着かない気持ちになって、あたりを見渡していた。

幼い頃から、ずっと憧れていた王宮舞踏会。

目もくらむほどに美しい衣装に身を包んだ紳士淑女が場内にひしめく様は、想像を遙かに超えた煌びやかさであった。独特の衣擦れの音が、そこかしこから聞こえ、それだけで気持ちが高ぶってくる。

こうして眺めていると、母ソフィの遺してくれたドレスはやはりどれも今風のものとは少しデザインが違うような気がした。サラがいてくれて本当に良かった。ここまで手を加えられていれば古い品であってもそれほど見苦しくはない。

大きなリボン飾りや、宝石をちりばめたコーム。肩からかけられた綿毛のようなショールも見受けられる。趣向を凝らした貴婦人方の髪型や小物使いはどれも目新しく、いくら見ていても飽きなかった。

未来の伴侶を見つけるためには、気合いの入り方も違うということなのだろう。

でも、やはりお兄さまよりも素敵な方はいらっしゃらないわ。

そんなことを考えてしまう自分がおかしくて、思わず苦笑いしてしまった。

自分をエスコートしてくれる兄が、会場内の誰よりも堂々としていることが、マリーにはとても誇らしく思えて仕方ない。

アドリアンの立ち振る舞いには無駄な動きがほとんどない。いつも落ち着いて悠然としていて、それでいてやるべきことはそつなくこなす。舞踏会の会場でも、それは少しも変わらなかった。

身につけている衣装だけをみれば、兄よりも贅沢な仕上がりになっている殿方は会場内にいくらでもいる。だが、彼らであっても兄が隣に並べばその存在がすっかり霞んでしまうだろう。自分ももっと身のこなしに気をつけていかなくてはと気を引き締める。兄と一緒にいればそれだけで目を引くことになる。そのときに、みっともなく見えたら情けないし、兄にも申し訳ない。

「……あ……」

ふと見ると、兄はいつの間にか数名の貴婦人に囲まれていた。

以前からの知り合いなのだろうか、どの女性も我先にと兄の方へすり寄ろうとしている。しかもマリーが驚いたのは、彼女たちに対して兄が笑顔を浮かべていることだった。

お兄さまが、他の女性と話をしているなんて。しかもあんなに親しげに……！

初めて見る光景に、マリーは妙な胸騒ぎを感じていた。

この一年は国王軍の遠征中でご無沙汰だったが、兄は以前から頻繁に舞踏会に足を運んでいる。本人はあまり乗り気ではない様子だが、社交界入りした以上は、ある程度の回数は足を運ばなくてはならないのだという。また、国王軍の幹部としての立場もある。

そこで馴染みの相手ができるのも、考えてみれば当然のことであろう。

そうだとしても、なんとも納得のいかない気分だ。マリーがあんな風に兄の腕に手を添えたりしたら、最近はすぐに振りほどかれてしまうのに。どうして彼女たちに対しては、されるがままにしているのだろう。

「――アドリアンの人気ぶりは相変わらずですね。久しぶりのお出ましだから、ご婦人方が目の色を変えるのも無理はない」

いつの間にか傍らに、ひとりの青年が立っているのに気づき、マリーは慌ててそちらを振り向いた。

会場内に知り合いがいるはずもないマリーにとって、もちろん初めて見る顔である。透きとおるような飴色の髪がとても印象的だった。

シルバーを基調に紺や藍の刺繍が施された上品なコートを身につけていて、その繊細な仕上がりは、思わず見入ってしまうほどだ。

その服装を見ただけで、目の前の人物がかなりの身分にあることがわかる。しかもまだ年若く見受けられるのに、それをさらりと何気なく着こなしてしまうことにも驚かされた。

男爵の館から出たことのなかったマリーであっても、価値のあるものを見分ける目はきちんと養われていた。それもまた、貴婦人として欠かせない大切な知識のひとつであったからだ。

「先ほどの兄上とのダンス、とても素晴らしかったですよ」

彼は水色の瞳を揺らしながら、甘い微笑みを浮かべる。

「アドリアンが、こんなに美しい妹君を隠していたなんて知りませんでした。今夜は出席した甲斐があったというものです。会場の人々の目もおふたりに釘付けになっていましたよ」

そこまで話しかけると、彼は急に残念そうな表情を浮かべた。

「でも、もったいないですね。せっかくの初めてのダンスを兄上と踊ってしまうなんて」

「え？」

なにか間違えてしまっていただろうか。

思わず聞き返すと、彼は興味深そうにマリーの顔を覗き込む。

「やっぱりご存じなかったんですね、この舞踏会のジンクスを」

彼は小さく首をすくめてからそう言うと、会場の中央で優雅に踊り続ける参加者たちへと目をやった。

「貴婦人の間では、結構有名な話なんですよ？　王宮舞踏会で初めて踊った相手と結ばれたら必ず幸せになれるって。一度きりのチャンスだったというのに、とても残念でしたね」

そんな話、聞いていなかった。兄はもちろん、サラにも教えてもらっていない。

「でも、もしかすると肉親は数に数えなくてもいいかもしれませんね。だったら、僕にもまだチャンスはあるかな」

呆然としてしまったマリーに、彼はくすくす笑う。

「申し遅れました、僕はジェルマンと申します。本日は父の名代で参りました。このような堅苦しい場所は気が進まなかったのですが、今は最高に幸せです。こんな素敵な出会いがあったんですから」

「あ、あの……」

「長らく隣国の寄宿学校にいて、久々の帰国となります。この数年で舞踏会の顔ぶれもずいぶん様変わりしたように思いますが、セリュジエ男爵の人気ぶりだけは健在ですね。彼がすべての貴婦人の心を鷲摑みにしてしまうから、僕たちはすっかり手持ちぶさたになってしまいます」

確かに兄が傍らに立つと、どんなに立派な身なりの殿方でも急に色あせて見える。まるで内面からにじみ出る輝きまでが違っているようだ。あれでは人目を引くのも仕方がない。

そして舞踏会に参加している貴婦人たちもまた、マリーが驚いてしまうほど積極的だ。もしも自分が彼女たちと同じ立場であったとしても、絶対にできないと思う。彼女たちの姿を見ているだけで、気後れしてしまうほどだ。

兄がなにか一言発するたびに、黄色い声が上がる。どうにかして自分の存在を印象づけようと必死なのだろう。

「……兄はいつもあんな風なのですか?」

そう尋ねた自分の声が、思いがけずふて腐れている気がして恥ずかしくなった。

アドリアンはあの山火事のことで悪い噂を立てられ、国王軍でも浮いた存在であるのだと聞かされていたが、ご婦人方の間ではそのようなことは一切関係ないらしい。

「いつまでもひとりに決めずに、えり好みをしているのが良くないのですよ。……って、それは僕も同じなのですけど。早く結婚相手を選べと、毎日のように両親からせっつかれて困っています」

「……そうなのですか？」

ふと、顔を合わせたばかりの人と、自然に会話している自分に内心驚いた。

彼の人懐っこい笑顔が、マリーの心を温かくしてくれる。だからこちらも、自然に微笑むことができるのだ。

国王への謁見を実現させるためには、手助けをしてくれる誰かを見つけなければならない。

しかもかなり強力な口添えができる人間が必要だと言われた。

もしかしたら、この方は自分たちの力になってくれるだろうか。しかし、初対面の相手にいきなり素性を明かして相談するわけにもいかない。ましてや、兄の承諾なしに自分の独断で勝手な行動に出るのも危険だ。

「ここは話をするには騒がしすぎますね、外に出ましょうか？　……ああ、飲み物をもらいましょう」

ジェルマンの提案で、ふたりは人の多すぎる広間からバルコニーに出た。

給仕から受け取ったシャンパングラスを差し出され、マリーはおずおずと受け取る。淡く色づいた液体の向こうで、ジェルマンは嬉しそうに微笑んでいた。

マリーの心中を知らない彼は、さらに話しかけてくる。こちらが誘いに乗ったことで、気をよくしているようだ。

「僕はあなたの兄上とは違って武術がからきしで、そこを売り込めないのが辛いですね。でも、頭を使って効率的な戦術を考えるのは好きですよ。――チェスだったら、誰にも負けません」

得意げな表情にも嫌みがない。マリーはつられるように質問していた。

「寄宿学校ではどのような学問をなさっていたのですか？」

「そうですね、法律に社会学、経済学……気になるものは片っ端からやりましたよ。書庫に籠もって、本を読んだり文献を調べたりするのが好きなんです」

「ジェルマン様はいろいろなことをご存じなんですね」

彼の話はとても面白く、いくら聞いても飽きない。表情も豊かでくるくる変わる。いつの間にか、時間を忘れて話し込んでしまっていた。

「僕の髪、なにかついてますか？」

「え？」

「さっきから、ずっと見つめているでしょう？」

マリーは急に恥ずかしくなって、下を向いてしまった。

さりげなくしていたつもりだが、やはりばれていたのか。彼には失礼かもしれないが、金色の髪は、昔大事にしていた猫の毛並みを思い出させて、気づくと見入ってしまっていたのだ。

「す、すみません。その……とても綺麗な髪だなと思って」

「ああ、これは母親譲りなんですよ」

特に気を悪くしたわけではなさそうだったので、マリーはホッとしてふたたび顔を上げた。

「よく言われるんですよ、女に生まれていたら良かったのにって」

「……まあっ！」

「まったく、僕の周りにいるのは失礼な奴らばかりですよ」

思わず顔を見合わせて笑ってしまった。

「触り心地もなかなかとの評判ですよ。試してみませんか？」

そう言って、彼はおもむろにマリーの片腕を取る。そして強引に自分の髪に触れさせた。

「本当……すごく柔らかいです」

髪の毛というより、むしろ動物の毛に近いように思われる。向こうが透けて見えるほどの金髪はふわふわして指に絡みついた。

「でも僕は、君の髪こそがとても美しいと思いますよ？」

気づくとジェルマンがマリーの巻き毛の一房を自分の指に絡ませている。そのまま自然な仕草で毛先に口づけられていた。

「……あ、の……」

「――残念だな、今日はここまでみたいです」

彼が思わせぶりにそう言って、顔を上げる。マリーもつられて振り返ると、こちらに鋭い視線を向けているアドリアンの姿があった。

彼はマリーと目を合わせると、一度開きかけた口をいったん閉じて言い直した。

「エミリー」

「お、お兄さま……！」

「こんなところでなにをしている？」

アドリアンはふたりが立っていた場所まで大股で進んでくると、当然のようにマリーの腰に手を回して自分の方へと抱き寄せた。

それから、厳しい表情でジェルマンを睨みつける。

「どういうつもりだ」

しかし、対するジェルマンはまったく動じていない様子だ。

「嫌だなあ、そんなに怖い顔をしないでください。僕はただ、可愛らしい君の妹さんとちょっとお話ししたかっただけですよ？」

厳しいアドリアンの表情とは対象的に、ジェルマンは親愛に満ちた微笑を浮かべている。マリーの腰に回されたアドリアンの腕に、ぐっと力がこもった。

「久しぶりですね、アドリアン。向こうを完全に引き払って戻ってきたんです。これからは顔を合わせる機会も多くなると思います、そのときはどうぞお手柔らかに」

「お前の動向など、私には関係ない」

「おやおや、困りましたね。ひどく怒らせてしまったようです」

おどけて肩をすくめるジェルマンに、アドリアンは厳しい眼差しを向けた。

「お兄さま……?」

行き過ぎとも思えるアドリアンの態度を見て、マリーは急に不安になった。

「エミリー。こちらは、代々王宮で大臣職を務めるフォーレ公爵の子息、次期当主に決まっているジェルマンだ」

……っ!

この方が左大臣家の……。

マリーは思ってもみなかった事実に、息を呑んだ。

「エミリー、そろそろ中に入ろう。夜風は身体に毒だ」

アドリアンは会話を早々に切り上げると、強引にマリーを促した。

「えっ、でも――」

これでは、ジェルマンにあまりに失礼に当たらないだろうかと不安になる。

「兄上のお迎えじゃ仕方ないですね。今夜はとても楽しかったですよ、エミリー。また近いうちにお目にかかれることを楽しみにしています」

ジェルマンは先ほどまでと変わらない笑みを浮かべている。マリーと目が合うと、彼は小さく手を上げた。

「――あ、そうそう。言い忘れてました」

その声に、アドリアンの足が止まる。

「探し物をするなら急いだ方がいいようですよ、このぶんだと時間の問題だと思いますから」

不可解な言葉に、マリーはそっと兄を見上げる。しかし、ちょうど木の陰で暗がりになり、そのときの兄の表情は確認できなかった。


「初めての場所で疲れただろう、この先はゆっくり休みなさい」

他の参加者よりも先に退座し馬車に乗り込むと、アドリアンは座席に深く腰かけた。

「今日のところはあれだけできれば十分だ、私としてもなにも言うことはない」

そう言いつつも、どこか突き放した雰囲気なのは気のせいだろうか。

マリーは兄から少し離れて座ると、膝の上で手を組んだ。

ジェルマンと別れて会場に戻ったあと、アドリアンは片時もマリーの側を離れなかった。幾人かの知り合いに紹介されたが、その間もぴったりと寄り添ったまま。

だからだろう、兄の身体からにじみ出るピリピリとした苛立ちがはっきりと感じられていた。

「その……お兄さま」

「なんだ？」

短い受け答えにも、はっきりとした棘《とげ》を感じる。

「もしかして、怒っていらっしゃるの？」

その理由として考えられるのは、ジェルマンのことだ。兄に断りもなくバルコニーに移動したことであちこちを探し回らせてしまった。そのことが原因ならば、謝らなくてはならない。

この先、二時間以上ふたりきりで馬車に揺られることになるのだ。ずっと気まずいままでいるのは耐えられない。

「どうして、そんなことを聞く」

「それは……」

「自分に後ろ暗いことがあるからか？」

矢継ぎ早に問いかけられては、言葉が続かない。兄の声色がますます厳しくなっていくように感じられてたまらなかった。

マリーは唇を噛みしめたまま、膝の上に置いた自分の手の甲を見つめていた。

しばらく、居心地の悪い沈黙が流れる。馬車の車輪が回る音だけが、ゴトゴトと続いていた。

「どうして、ジェルマンにあんなことをさせた」

「え？」

「身体や髪を触らせていただろう。軽々しい行為だ」

マリーは驚いて、兄の顔を見上げた。

「あっ、あれには深い意味はないんです。ただ、会話の流れでそうなっただけで」

慌てて言い返したが、兄の表情は厳しいままだ。

「勝手に場所を移動したことは謝ります。でも、お兄さまが考えていらっしゃるようなことはなにもなくて……ジェルマン様はただ、わたしがひとりぼっちでいたから、話し相手になってくださっただけなの、本当よ」

彼がフォーレ公爵家の人間だと知ったときにはとても驚いた。そういえば、最初に名乗られたときはファーストネームだけだったような気がする。今となって考えれば、あれも意識してのことだったのだろうか。

「ただの話し相手に気安く身体を触らせるのか」

「ち、違います！」

「なにも違わないだろう。私は見たままを話しているだけだ」

確かに軽率だったとは思う。でも一瞬のことであったし、拒むこともできなかった。

それなのにこんな風に誤解されるなんて。すごく悲しくなってしまう。

胸がきゅっと締め付けられたとき、マリーは不意に思い至った。

「本当に、そんなのじゃないの。それに……なんというか、ジェルマン様って子猫みたいだなって。ほら、猫って、いつも足下にまとわりついたり、髪や手を舐めたりするでしょう？

それと同じ感じだったの。だから全然嫌じゃなくて、それで……」

初めて出会ったのに全然そんな感じがしなかったのは、昔仲良くしていた子猫と重ねていたからだ。あんな風に初対面の相手とうち解けられるのが不思議で仕方なかったが、ようやく自分なりの答えにたどり着いた気がする。

マリーは思いつくままに必死に説明したが、それでもアドリアンの表情は険しいままだった。ぴくりと眉が上がり、眉間の皺がさらに深くなる。

「そうか……子猫と同じ、か」

「ええ、そう。そうなの」

「お前は以前私のことをリアンと似ていると言っていたな。それなら、私が奴と同じことをしても平気で受け入れると言うのだな?」

その声は、まるでマリーを試しているような響きだった。

背中に腕を回され、鼻先がくっつくほど顔を寄せられる。

「お兄さま……?」

「……気安く男を受け入れればどんなことになるか、身をもって知った方がいい」

そう言って、アドリアンはマリーの唇を強引に奪った。

しばらくなにが起こったのかすらわからなかった。あまりに生々しい感触が唇から身体全体に広がり、マリーの肌がさあっと粟立つ。

「……うっ、くっ……」

口を塞がれて、呼吸が思うようにできない。息苦しさのあまりに大きくもがくと、あっけなく唇は離れた。

「……歯を食いしばってないで、口を開けなさい」

「えっ……」

「舌を使って、お互いの深い部分までを味わうんだ。上手にできるようになるまで、何度でも繰り返すことにしよう」

アドリアンがふたたび唇を寄せてくる。

「……マリー、お前の『犬』がそう言っているんだ。私の言うことが聞けるね？」

マリーは気持ちの整理がつかないままに、口を小さく開いた。そこにぬるっと彼の舌が忍び込んでくる。

「……っ……！」

熱を帯びた舌がまるで生き物のようにマリーの口の中で暴れ回る。人が変わってしまったかのような凶暴さでアドリアンはマリーの頭を押さえ込み、動きを封じた。

どうしよう、このまま食べられてしまう……！

極限を超えた恐怖が、あり得ない想像を運んでくる。しかし、この期に及んでも兄の行動に異を唱えることはできなかった。

しばらくして唇が離れると、ふたりの間に透明な糸が張る。あまりの恥ずかしさに消えてしまいたくなった。

アドリアンの舌は続いて唾液の溢れた口元を拭うように舐め取り、首筋に額にキスを落としていく。執拗に吸い付かれた唇は、離れたあともヒリヒリとした痛みが残った。

気持ちが少しずつ落ち着いてくると、ここが馬車の中で、今は王宮からの帰り道であることが思い出される。

舌でかき混ぜられていたのは口の中なのに、頭の中や心の中までごちゃごちゃになってしまった気がする。鼓動があまりに速い、このままだと心臓が胸を突き破って飛び出してきそうだ。

これは、いったいなんだろう。初めて知る現実に、マリーは愕然とする。

兄であったから、恐ろしくても受け入れることができた。

でも、もしも自分が望まない相手だったとしたら、その場で舌を噛んで死にたくなってしまうかもしれない。

「今のは……なに？」

荒々しい行為に怯えながらも、マリーは尋ねた。こうしている間も、身体の震えが止まらない。アドリアンは心細そうな身体を支えながら答えた。

「……大人のキスだよ」

を覆う。

「そうだ」

固く閉ざされていた扉を強引にこじ開けられてしまったような居心地の悪さが、マリーの心
「大人……の？」

　これまでマリーは、大人の女性としての知識をまったく知らないでいた。

　初潮を迎えたときには、サラがこれで結婚ができること、子供を産めるようになったことを教えてくれた。しかし、それ以上の具体的なことについては未だなにも聞かされていない。

「お兄さまも……奥方様を迎えたら、こんなキスをするの？」

「どういうことだ？」

「サラが言っていたの、お兄さまはそろそろ奥方様を選ばなくてはならないって」

　アドリアンはその問いにすぐには答えず、ふっと目を細めた。

「さあ、……それはどうだろう」

　その言葉を耳にしたとき、マリーは急に突き放されたような心細い気持ちになった。

　だから慌てて言い訳をする。せめて、兄の前では聞き分けのいい素直な妹でありたい。兄に嫌われるのだけは絶対に嫌だった。

「あ、……いいえ。お兄さまが奥方様を迎えられるのはとても嬉しいの。だって、わたしにはお姉さまになる方よ、きっと仲良くできるわ。だけど……」

なんて白々しい言葉だろう。一言吐き出すたびに、情けなさと恥ずかしさで身の置き場がなくなっていく。

こんなキスを兄が他の女性とするのかと思うと、急に心がざわざわしてくる。それが本心だ。もしも、今夜舞踏会にいた美しい方々のうちのどなたかと？　そんなのは絶対に嫌だ。あってほしくないと思った。

どうにかして気持ちを落ち着けようとしても、小刻みな震えが止まらない。

「どうしたんだ、マリー」

対する兄の表情は、いつもとなんら変わらない。マリーの胸に、切ない気持ちがじわっと広がった。

「いいえ、……なんでもないわ」

胸に湧いた言葉をそのまま告げることはどうしてもできず、マリーは兄の腕に身体を預けたまま途方に暮れていた。

気づけば、暗い風景の中に遠く、ぽつんと灯りをともした館が見えてきた。

「そろそろ到着だ」

アドリアンにそう告げられて、マリーは初めてしわくちゃになってしまったドレスに気づいた。見ると兄の服も衿が大きく乱れ、スカーフも解けてしまっている。

戸惑い顔を赤らめるマリーに対し、アドリアンはとても冷静だ。彼は自分のスカーフを結び直しながら、何気ない様子で言う。

「すぐに着替えるのだから、見苦しくない程度に直しておけばいい」

その言葉にマリーはこくりと頷く。

胸の鼓動は未だに早足のままだが、かろうじて平静を取り戻すことができた。

「今夜はもう遅い、舞踏会でのことを父上に報告するのは明朝にしよう」

馬車を先に降りたアドリアンの表情からは、先ほどまでの熱っぽさが跡形もなく消えている。

それも当然だ。今夜のことは軽率な行動を取ったことに対するお仕置きなのだから、そこに甘い感情が交じることなどあり得ない。

しかしマリーは、優しく動く兄の唇が気になって仕方なかった。

第三章

舞踏会の翌朝。

マリーが着替えてダイニングに降りていくと、養父がすでにテーブルに着いていた。

朝食のあと、兄とふたりで父の部屋まで昨夜の報告に行こうと思っていたが、まさか本人の方からやってくるとは驚きである。

このように養父と朝食のテーブルを囲む機会はあまりない。彼は朝食を取る習慣がなく、昼まで部屋から出てこないことも少なくないのだ。

それほどまでにマリーたちの報告を聞くのが待ち遠しかったということだろうが……。

マリーに対する周囲の反応を聞いて、養父の顔はあからさまにほころんだ。

「それはいい。私もその場にいて、皆の狼狽ぶりをじっくり見てみたかったものだ」

彼は子供のように目を輝かせ、テーブルから身を乗り出してくる。

「あの王妃もマリーの姿を見て腰が抜けるほど驚いたことだろう。今頃はショックのあまり寝込んでいるかもしれないぞ」

そう言って養父は嬉しそうに哄笑《こうしょう》した。今まで見たことが無かったその歪んだ表情に、マリーは落ち着かない気持ちになる。

なんだか、いつものお父さまと違う。このようにはしゃぐ方ではないのに……。

これで、国王陛下との謁見に一歩近づいたというのに、マリーは養父と一緒になって喜ぶことができずにいた。

いきなりたくさんの目が自分に向けられるのは、決して快いものではなかったし、実際王妃と言葉を交わしてみても、母ソフィやマリーを追い込むほどに悪い人には見えなかった。

「これならば、古なじみの連中がこぞって私に探りを入れてくるのも時間の問題だな。あいつら、国王軍時代はずいぶん面倒を見てやったのに、こちらに嫌疑がかけられたとたん手のひらを返したように冷たくなって……」

養父の珍しい饒舌《じょうぜつ》ぶりに、もしかすると酔っているのかもしれないと様子をうかがうが、そういうことでもなさそうだった。

「しかし、フォーレ公爵の息子が戻ってきていたとは。公爵はいよいよ息子を自分の後釜《あとがま》に据えるため本格的に動き出すに違いない。まずは国王軍の総司令官の立場を息子のジェルマンに譲るつもりなのだろう」

「軍内部でもその見方が有力です。軍の総司令官は、代々大臣家が任命されることになっていますから」

「そのような欲のないことを言っていていいのか、アドリアン」

当然のことのようにさらりと受け答えをする息子に、養父はやおら声を荒げた。

「このままでは、お前はどんなに頑張っても騎士団長止まりだぞ？　現場の苦労もわからない腰抜けなどに上に立たれては、軍の統制もはかれたものじゃないだろう。前線の足並みが乱れてしまうぞ」

「しかし、これは慣例で決まっていることですし、皆も納得しています」

「だから私はいつも言っているだろう、百年以上前の古めかしい規律にいつまでも従っていては、今にこの国は駄目になる。そろそろ思い切った改革が必要だ。ペンよりも重いものを持ったことがないような若造になにができるというのだ」

養父は顔を真っ赤にして反論している。どうにかして、自分の意見の正当性を主張したいように見えた。

兄はそれ以上の言葉を控えたが、だからといって養父の言葉に納得したというわけではなさそうだった。それは眉間に寄った皺を見ればすぐにわかる。

兄は自分に課せられた任務については周囲の期待以上の成果を上げるが、出世欲は稀薄《きはく》で彼の興味は他のところにある気がする。養父がいくら軍上層部と懇意にするようにと忠告しても聞き入れようとせず、休暇となれば付き合いもそこそこに館に戻ってきてしまうのだ。

　地位や権力に固執する養父と、そのようなものには頓着《とんちゃく》しない兄。この父子の間には、以前から決して埋まらない溝があった。

　有能な息子が軍から正当な評価をされていないことに、養父はいつも憤っている。このように養父が感情のままに声を荒げるのも、今朝が初めてではない。

「誠に頭の痛い問題だ。フォーレ公爵のせいで、私たちはいつも苦汁を飲まされる」

　養父は紅茶のカップを乱暴にソーサーに戻すと、どうにもならないとでも言いたげに大袈裟な溜息を吐いた。しかしそこでなにかに気づいたように、表情を変える。

「……だが、そのフォーレ公爵の息子がマリーに興味を持ったというのは悪い話じゃないな。奴の関心がどこにあるのかがわからないうちは深追いも禁物だが、上手く話を合わせてみるのも悪くない」

　養父ならばそう考えるのも不思議はないが、まさか口にまで出すとは思わなかった。マリーは戸惑いを隠せないまま、養父を見つめる。彼の口元には邪心に満ちた笑みが浮かんでいた。

「それは反対です、父上。公爵家の狙いがわからぬ以上、それを見極めるまでマリーはなるべく関わりをもたずにいた方がよいと思います」

「いやいや、ものは考えようだ」

　息子の反論に、彼は軽く頭を振った。

「刃を交えるばかりが戦いではない。内側から打ち崩せるならばそれもよかろう」

「しかし、あまりに危険すぎます」

「いや、女には女にしかできないやり方がある、上手くやって相手を骨抜きにしてしまえば、あとは意のままに操れるようになるだろう。この先マリーが王女として正式に認められれば、公爵家とも家柄が釣り合う。すでに向こうはマリーが王女だと気づき、そこまでの考えに及んでいるのかもしれない。そうだとしたら、あとはその思惑をこちら側がどう利用するかだ」

養父は身体を斜めに傾けると、有無を言わせぬ眼差しでアドリアンとマリーを見据えた。

「そうと決まれば、できるだけ早くまた王宮に上がる機会を設けた方がいいな。サラにドレスの直しを急がせよう。お前たちもそのつもりで準備しなさい」

「父上、そのように頻繁に王宮に上がるとなると資金が――」

「そのようなことをお前たちが心配することはない。すでに手は打ってある。お前たちは大船に乗ったつもりでいればいいのだよ」


紅茶を飲み終えた養父が書斎に引き籠もってしまったあとも、マリーはなかなか席を立つことができなかった。

養父のフォーレ公爵家に対する憎しみは想像以上に大きい。以前から国王軍の話が出るたびにその名は出てきていたが、計画が動き出した今、改めてそれを強く感じた。

今まで世話になった恩返しをしたい、そのために自分にできることはなんでもやろうと心に決めていた。でも、先ほどの養父の言葉はどのように受け止めたらいいのだろう。まるでマリーがジェルマンを誘惑すればいいと言わんばかりの発言に、素直に頷くことはできなかった。

すっかり気落ちしてしまい、席を立つ気力もない。

少しでも気分を落ち着けようと瞳を閉じても、瞼の奥にちりちりと緊張が続いていく。

「大丈夫か」

アドリアンは紅茶のカップをソーサーに静かに戻すと、こちらを探るように見つめてきた。その眼差しに気づき、マリーは小さく頭を振る。

「……大丈夫です。それより、早くテーブルを片付けてしまわないと……」

サラは朝早くから大鍋でジャムの仕込みをしていた。朝食を終えたら食器をトレイに乗せて炊事場まで運ぶように頼まれている。

人手が足りないため、サラの手の放せないときには率先して手伝うようにしていた。

「それならば、私も手伝おう」

アドリアンはマリーよりも先に席を立つと、長い腕を伸ばしてテーブルの上の食器をどんどんトレイに乗せてしまう。

軍での生活が長いためか、兄は細々《こまごま》とした仕事もさりげなく引き受けてくれる。もっともそのような姿を養父に見られたら一悶着あるので、そこはわきまえているようではあるが。

途中、マリーの皿がほとんど手つかずなのを見て、アドリアンは眉を顰めた。

しかしそのことには触れず、トレイを手にするとマリーと向き合う。

「今日は久しぶりに領地内をまわろうかと考えていたのだが……」

そこで兄は一度言葉を切った。

「マリーも一緒に来るか？　もちろん、体調が悪いなら無理は言わないが」

「……えっ？」

あまりの驚きに、聞き返す声が裏返ってしまった。マリーは何度か瞬きをしてから兄を見つめる。

「いいの？」

「社交界入りも果たしたのだから、父上もお許しになるだろう」

信じられない提案に、思わず息を呑む。

思えば、自分の出生の秘密が伝えられてからは混乱しすぎて、舞踏会のこと以外はなにも考えられなくなっていた。

大人になれば自由に外に出てもいい。確かに養父はそう言っていた。

今まで館の窓からしか眺めることのできなかった領地の様子を直に見てまわれるのなら、是非出かけてみたい。

「一度部屋に戻って、もう少し軽くて動きやすいドレスに着替えてきなさい」

マリーはその言葉に頷いて、西の塔にある自室に戻っていった。

どうして、お兄さまはわたしを誘ってくれたのかしら……。

クローゼットを開けて外歩き用のドレスを選びながらも、マリーはまだ落ち着かない気持ちでいた。外に出られることへの嬉しさはもちろんあるが、戸惑いも確かにあった。

今朝はなんとなく兄の顔がまっすぐに見られなくなっていた。昨夜、舞踏会からの戻り道の馬車であんなことがあったからだろう。視界の端でチラリと兄の口元が動くだけで、すごく緊張してしまうのだ。

同じく、今朝は兄の方もなんとなくよそよそしい態度だった気がする。言葉を交わしていても、どこか距離を置かれているように思えた。マリーの軽率な態度に対してまだ気分を害したままなのかもしれない。

やっぱり今からでも、きちんと謝った方がいい。許してもらえるかどうかは別として。

せっかくお戻りになったのに、いつまでも気まずいままでは嫌だ。

もしかしたらお兄さまはきっかけを与えて下さったのかもしれない。

鏡に映った躊躇いがちの表情を指で突き、マリーは自分で自分に気合いを入れた。

ドレスを替えて下に降りていくと、扉の間でアドリアンが待っていた。その手にはナプキンをかけた籐かごがある。

「サラにサンドイッチを作ってもらった。途中で食べよう」

彼はそう言ってから、扉を開けた。薄暗い扉の間に明るい日差しがたっぷりと注ぎ込んでくる。その向こうには下男のポールが馬の手綱を持って待っていた。

「……馬に乗るの？」

「そうだ」

驚いて尋ねるマリーを、アドリアンは軽々と持ち上げた。気づいたときにはすでに馬上の人になっている。

「おっ、お兄さま。待って、私……」

乗馬なんて一度も経験したことがない。そもそも、この館から外に出たのも昨日が初めてなのだから。

「怖がることはない、この馬はとても大人しい。こちらが信頼していれば暴れたりはしない」

続いてアドリアンが慣れた仕草で横座りしたマリーの傍らに跨《また》がる。兄のぬくもりが隙間なく寄り添ってきた。彼はポールから籐かごを受け取るとそれをマリーに渡し、手綱を手にした。そうなればもう、身動きが取れない。小さく身じろぎすることも躊躇してしまうほどだ。

……すごい、お兄さまの腕にすっぽりと包まれてしまったみたい。舞踏会のダンスのときよりも、身体が強く密着している。どうしよう、すごく緊張してしまう……！

「ゆっくり走るから大丈夫だ。私にしっかり摑まっていなさい」

「えっ、でもっ……、その」

　さすがにここまでぴったり身を寄せ合うと、戸惑いを隠せない。慌てて身体を離そうとするが、逆に強く引き寄せられてしまった。

「きちんとこちらに身体を預けていなくては駄目だ。不安定な体勢でいれば、途中で振り落とされるぞ」

　耳元に熱い息がかかる。それだけで身体が熱くなって、頭がクラクラしてしまう。そうなるともう、周りの風景など楽しんでいる余裕はなくなっていた。

　お兄さまの身体が熱い。こうしているとわたしの身体にお兄さまの匂いがしっかりと移ってしまいそう。

　今ならばしがみついても叱られないだろう。振りほどかれる心配もない。マリーは兄の胸に顔を埋めぎゅっと抱きついた。

　せっかくの遠出なのに、兄のことしか感じられない。胸の高鳴りがどんどん大きくなり、息をするのも忘れてしまいそうになる。

「今日は南の方に向かってみよう、王都への道のりは昨日馬車で走ったからな」

　馬は緩やかな坂道をどんどんのぼっていく。あっという間に丘の上までたどり着き、アドリアンはそこで一度馬を止めた。馬上から見える風景にマリーはしばし言葉を失う。

「……とても広いのね、森がどこまでも続いているわ」

感激に頬を染めるマリーを、アドリアンは静かに見つめてから言った。

「向こうに見える崖のふちまでがセリュジエの領地だ」

想像以上に広大な土地だった。しかし、民家はほとんど見当たらない。それを尋ねると、アドリアンはさらりとした口調で答えた。

「丘陵地帯が多く、領民のほとんどは林業で生計を立てている。平地も砂地が多く気温が低いから作物も育ちにくい」

「そうなの……」

確かにここに着くまでも岩地が多く、その大部分が乾燥しているようだった。地中深く根を張る樹木でないと、育てるのが難しそうだ。

「十数年前の山火事があるまでは、ブロンディルの丘で取れる茅に頼りきりだった。あの場所が駄目になってしまい、他の方法で収益を上げる方法をあれこれ考えてみたのだが、どれもあまり上手くいかない。今も領民たちと必死に知恵を絞っているところだ」

兄がそのように思い悩んでいたことも、マリーは知らなかった。

「これからは領地内の村々を巡って、領民の話を積極的に聞いてまわりたいと思っている」

「お兄さまはすごいわ……」

「当然だ、私にはこの領地を守る責任がある」

谷から吹き上がってくる風に髪を揺らすアドリアンは、いつもよりもさらに逞しく見えた。

その表情は自信に満ちあふれているように見える。

国王軍で数々の功績を挙げるだけではない、兄は領主としての役目もしっかりと果たしているのだ。

頭ではわかっていたつもりだが、こうして実際に詳しい話を聞かせてもらうと感慨深い。

「そうね、こんなに美しい風景なのだもの。わたしも心ゆくまで堪能したかったわ」

もしも、子供の頃から自由に外に出られる身の上であったら、もっと多くのことを知ることができたのだろうか。今はそれが悔やまれてならない。

「それならば、今からでも遅くない。これからも暇を見つけて、遠乗りをしよう」

「……本当に？　お兄さま」

「ああ、マリーに見せてやりたい場所がたくさんある」

その言葉を聞いて嬉しくなったが、すぐに現実に引き戻される。

「でも……お兄さま、わたしは――」

近い将来、この領地を離れなくてはならない。それまでに何度、連れ出してもらえるだろう。

「どうしてそんな顔をする」

「いいえ、……なんでもないわ」

マリーはアドリアンの腕の中で小さく首を横に振った。

この土地を離れたくない、そしてずっと兄の腕の中にいたいという気持ちが溢れてきそうになるのを、必死で振り払おうとする。

「自分の進むべき道は、自分自身で決めるしかない。それを忘れるな」

アドリアンはマリーにそう告げると、手綱を握り直し、また馬を走らせた。

「もう少しで、今日の目的地に到着する」

しばらくして森の入り口まで来ると、アドリアンは馬を止めた。そして手綱をマリーに手渡し、自分が先に下りる。

「この先は二か月の休暇になった」

「……えっ、本当に!?」

抱きかかえられて馬から下ろされながら、思いがけないことを聞かされる。マリーの目が輝いた。

「そんなに長いお休みがいただけたなんて。もっと早く教えてくだされば良かったのに」

「……今回の休暇はほとんどお前のお守りで終わりそうだがな」

その言葉を聞いて、膨らみかけた期待がみるみるしぼんでいく。

ああ、そうだった。兄と一緒に過ごせることを喜んでいる場合ではなかったのだ。

これからは何度も舞踏会へと足を運ばなければならない。今朝の養父の話を思い出すと気が重くなる。

「またそんな顔をする」

アドリアンは馬を木の枝に繋ぐと、籐かごを手に先に歩き出した。

「この森を抜けたところが今日の目的地だ」

ほの暗い森の中は、しっとりした空気で満たされていた。物珍しさに辺りを見まわしていると、広い背中がどんどん遠ざかっていく。

馬上ではあんなにぴったりと寄り添っていられたのに。このままどんどん離れていってしまう気がして、マリーはたまらない気持ちになった。

「あっ、あの、お兄さま」

アドリアンは立ち止まってこちらを振り向いた。

「その……昨日は、本当にごめんなさい」

寂しさから思わず声をかけてしまったが、謝るなら今だと思った。マリーはどうにか勇気を振り絞ろうと、スカートをぎゅっと握りしめる。

言葉の意味はすぐに伝わったらしい。兄は木漏れ日の中で、少し顔を歪めた。

「……なにが悪かったのか、本当にわかっているのか？」

「え、ええ。もちろんよ」

兄はこちらをじっと見つめている。もっと詳しく答えなくてはならないのだろうか。マリーは必死に思いを巡らせた。

「ええと、……男の人と動物を一緒にしては駄目だってこと。誘われても、嫌だったらきちんと断ること……よね？」

　言いたいことがきちんと伝わっているだろうか、それがとても心配だった。兄は小さく頷いてくれたが、その表情からはなにも読み取れない。

　風がふたりの間を通り過ぎていく。

　しばらく沈黙が続いたあと、アドリアンがゆっくりとマリーに歩み寄った。

「……そうだな。その言葉が本当か、試してみよう」

「えっ……」

「今度はきちんと避けられるな？」

　木の幹に背中を押しつけられ、顎を指で持ち上げられる。アドリアンの顔がすぐ側まで迫っていた。唇に湿った息がかかる。昨夜の甘い記憶が胸に蘇って、身体が熱くなった。

「どうした？　顔を少し背ければいいんだぞ」

　そう教えられても、目の前の唇を迎え入れたい気持ちには勝てない。アドリアンの舌先がマリーの唇を軽く舐める。すると、招き入れるように口を開いてしまった。

　どうしよう、怖いのに身体が勝手に動いてしまう。

　叱りつけるような乱暴なキスが交わされる。それでも夢中になって反応してしまう自分が、とても愚かに思えて悲しかった。

「どうして避けられない？」

吐息混じりの兄の声に、胸が熱くなる。

「……ごめんなさい。ごめんなさい、お兄さま」

兄の期待に添えない自分が情けない。

マリーは今にも溢れそうになる涙を必死にこらえていた。

どうしたらいいのだろう。

混乱のまま兄を見つめていると、彼はふっと含み笑いを漏らした。

「……とりあえず、反省していることだけは認めよう」

優しく頭を撫でられて、たまらない気持ちになる。呆れられただろうか。

「こんなところで寄り道をしていても仕方ない。早く行こう」

アドリアンはマリーの背中を押して優しく促す。

「もう怒ってない？」

そう尋ねると、兄はなぜか苦笑いを浮かべた。

「……怒ってないよ」

その言葉に、やっと元のふたりに戻れた気がしてマリーはホッと息を吐いた。


森の出口までたどり着くと、そこに広がっていたのは一面の花畑だった。

周囲を森で囲まれているからかとても静かで、頭上には春の青空がどこまでも広がっている。

「ねえ、お兄さま。この花、摘んでもいいのよね？」

「花束でも花冠でも好きなだけ作ればいい」

マリーは逸る気持ちを抑えきれず、花の中へ分け入っていった。色とりどり、大小さまざま。どれもこれもが物珍しいものばかりでいくら見ていても飽きない。それになんてかぐわしい香りなのだろう。

「本当？……でもこんなに綺麗に咲いているのに、ちょっと可哀想ね。いいのかしら？」

戸惑いつつも、嬉しさのあまり自然に笑みがこぼれてしまう。

振り向くと、アドリアンも淡く微笑んでいた。

彼がこうして連れ出してくれた理由がやっとわかった気がする。マリーは胸がいっぱいになった。

「私はしばらく休ませてもらうことにしよう」

そう言うと、ごろんと花畑の真ん中に寝そべってしまう。

「お兄さま！　そんな風にしたら、お花が可哀想よ」

「こうしているのもなかなかいいものだ」

「……もうっ」

頬を膨らませるマリーに構わず、彼はあっという間に寝入ってしまう。昨日の今日で、やはりとても疲れていたのだろう。話し相手がいなくなって一気に退屈になってしまった。

静かに寝息を立てている兄の傍らで、マリーはサラへのお土産として花束を作り、それから花冠をいくつか仕上げた。それでもアドリアンはまだ目覚めない。あまりに気持ちの良さそうな寝顔を見ているうちに、マリーもだんだん眠くなってきた。昨夜はあまりにいろいろなことがありすぎて考え込んでしまい、遅くまで寝付けなかったのだ。

それに花の中で寝転がるなんて、なかなかできることじゃない。そう思ったら、だんだん興味が湧いてきた。とはいえ、実際にやるとなるとなかなか勇気がいる。マリーはそろそろと花の中に身体を埋めていった。身体の向きが変わると、とたんに目に映る風景が変わる。

すごい、わたしまでお花になってしまったみたい……！

目の前には青空が広がっている。野の花の香りはとても爽やかで、それだけで眠気を誘われてしまう。

ここには、社交界入りのことをしつこく言い続ける養父もいない。いつもは礼儀や立ち振る舞いに厳しい兄も、すっかりくつろいでしまっている。

ずっとずっと、こんな風に過ごせたらいいのに。お兄さまとふたりで、誰も知らない花園に籠もっていたい……。

許されるはずのないことと知りながら、それでも強く願ってしまう。

マリーはいつの間にか、とろとろと心地いい眠りに誘われていた。

夕方。

空《から》になった籐かごに花をたくさんつめて、マリーたちは丘の上まで戻ってきていた。

西の空が朱色に染まり、遠い山際に夕陽が沈んでいく。

一瞬ずつ、色味が変わっていく空。

壮大な風景を、ふたりは馬上から息を潜めて見守っていた。髪がドレスが夕風に吹かれて、さやさやと流れていく。

「髪に花びらがついているな」

「え……？」

アドリアンがマリーの髪についた花びらを一枚ずつつまみ上げていた。しかし見れば、彼の髪にも花びらがたくさんついている。

「お兄さまだって。髪が黒いから、余計目立つわ」

そこで、マリーは思わず声を上げて笑い出していた。これではあまりに可愛らしすぎる。いつもの凛々しいイメージからはあまりにもかけ離れていて、可笑しくて仕方がなかった。

ひとしきり笑ってから、マリーは兄の髪に手を伸ばす。しっとりと滑らかな感触が指に絡みついた。

「お兄さまの髪は本当に綺麗ね。わたし、大好きよ」

小さい頃は遠慮なくいつでも触らせてもらっていた。この髪に触れていると、とても安心できたことを思い出す。

実はリアンの毛を撫でるときにも、兄とずっとくっついていられた幼い頃のことを考えていた。リアンは毛並みも瞳の色もアドリアンにそっくりなのだ。

マリーの言葉に、アドリアンは何故か哀しげに頬を歪ませた。

「お前のそういうところは、昔から変わらないな」

絞り出すような言葉とともに、そっと抱き寄せられる。

「……お兄さま？」

兄はなにも答えない。逞しい胸に顔を埋めてしまえば、その表情を確かめることもできなかった。

そんなふたりを知ってか知らずか、馬は静かに足下の草を食んでいた。

夕暮れの風がふたりの脇を通り過ぎていく。アドリアンの身体がかすかに震えているのがはっきり伝わってきた。

やがて彼は、なにごともなかったかのように手綱を手に背筋を伸ばす。

「さあ、そろそろ館に戻ろう」

夕闇に包まれた男爵の館。遠くから眺める古びた建物は、まるで閉ざされた要塞のように見えた。

◆

三日後。

ふたりはふたたび王宮に向かう馬車に揺られていた。

今夜マリーは、ローズピンクのドレスを身につけている。色味は落ち着いているがリボンをふんだんに使ったデザインが可愛らしく、色白のマリーにとても良く似合っていた。

鳶色の髪は今日も綺麗に巻かれていて、そこにはバラのコームが飾られている。髪を何度かねじり、花のようにかたち作って巻き付けるやり方は、先日の舞踏会で見かけて気に入ったものをサラに口頭で伝えて再現してもらった。

支度は万全だ。しかし、沈んでいく気持ちはどうすることもできない。

馬車はすでに領地境を越えている。

窓の外を流れていく風景は変わらず魅力的だが、王都に近づくに従って、どんどん緊張が高まってきた。

「今日はずいぶんと大人しいな」

はしゃぎ声を上げることもなく静かに座席に留まっているマリーを気づかってか、アドリアンが声をかけてきた。

「だ、だって」

「父上の仰ったことを気にしているのか？」

マリーはその問いかけに一瞬身体を硬くしたが、すぐに唇をぎゅっと噛みしめて俯いた。

「そうなの。だから……どうしても落ち着かなくて」

知らないうちに震えてしまう声に気づかれてしまわないかと、とても気になった。

「そうか」

兄は短くそう告げると、窓の外に視線を向けてしまう。

「……昨日はずいぶん長く父上の書斎に呼ばれていたな。なにか込み入った話でもあったのか？」

一度は落ち着きかけたマリーの心臓が、ふたたび高鳴り始める。

「え、ええと……それは」

マリーはそっと顔を上げると、兄の顔が窓の外を向いたままであることを素早く確認した。

一呼吸置いてから、前もって準備していた答えを口にする。

「今まで教わったことのおさらいをしていたら、いつの間にか時間が経ってしまっていたの」

それは嘘だ。かと言って本当のことはやっぱり口にできない。だから慌てて話題をすり替えようとした。

けれど兄に嘘をつくのは良心が咎める。心が見透かされてしまいそうで、どうしても目を合わせて話をすることができなくなっていた。

「そういえば、お兄さまも書斎に呼ばれていたわよね？」

「ああ、こちらもたいしたことではない」

兄の言葉も嘘だ。そのことをマリーは知っている。

ふたりが連れだって遠乗りに出かけたことを知って、養父は苦々しく思っている様子だった。そのことではマリーも、厳しい言葉で諫められた。

王女という身の上であるのに軽々しい行動をして出先でなにかあったらどうするのかというのが、養父の言い分だった。

大人になったらどこへでも行けると言われていたのに、実際にそのときになってみると今度は生い立ちのせいで制限されてしまう。なんとも納得がいかないが、マリーには養父に言い返すだけの勇気はなかった。

兄が書斎に呼ばれたときも、やはりその話がされていたようだ。

書斎の扉がきちんと閉まっていなかったらしく、養父が口汚く兄を罵る声が外まで漏れ聞こえていた。兄が強く反論して養父の逆鱗に触れないか、それが不安で仕方なかった。

以前からマリーは、兄と養父の諍いに対して大きな恐怖を感じていた。

養父は自分の思いどおりに話が進んでいるときには機嫌が良いのだが、少しでも意に反することが起こるとたんに激昂して人が変わったようになる。

兄もそのことはきちんとわきまえていて、大抵のことは受け流すようにしているようだ。しかし兄は、マリーに関わることになると急に思い切った言動に出ることがある。そしてそのときに、養父が必ず兄の耳元で囁く言葉があった。

『誰のおかげで今のお前があると思っている。あのことが広く知れ渡ったら、お前はもうおしまいだぞ』

——そこに込められた意味をマリーは知らない。しかし、その直前まで養父に対して意見していた兄が急に口をつぐむのを見れば、ただごとではない理由があるような気がしてならなかった。

サラにもさりげなく尋ねてみたが、戻ってくる返事はいつも決まっていた。

『実の父子であっても、相容れない感情があるのは当然です。お嬢様が気にすることではありませんよ』

過去、ふたりの間になにがあったのか。本人たちが口を割らない限り、知ることはできない。だからマリーにできることといえば、ただひとつ。彼らの諍いの火種とならないように気をつけて過ごすことだけだった。

馬車は王都に向かって走り続けている。

本当のことが言えないままの会話はぎこちなく、気づくと沈黙が続いてしまう。

気を紛らわせようとなにかを口にしたら、余計なことまで話してしまいそうだったからだ。兄も兄でなにか思うことがあるらしく、じっと窓の外を見ている。

遠乗りの日以来、兄がマリーに必要以上に触れてくることはない。他の誰かの目があってもなくても、常に一定の距離を保っていた。

こうして隣り合って座っていれば、兄の腕がこちらに伸びてくるのではないかと密かに期待してしまう。そんな自分に気づくたび、恥ずかしくて浅ましくて、とても悲しくなった。

どうしてもっと寄り添いたいと思ってしまうのだろう。兄のぬくもりが懐かしくて仕方ない。でも、こちらから身体を寄せる勇気は持てなかった。

もしもすげなく振り払われてしまったら、二度と立ち直れなくなってしまいそうだ。

兄は最後までマリーを守ると言ってくれた。しかしそれはやはり、兄として妹を守る気持ちか、もしくは「王女マリー」に対する忠義であるのだろう。

「あの、お兄さま」

窓にもたれかかったまま微動だにしない姿に、もしかすると深く寝入っているのかと思った。しかし、アドリアンはマリーの呼びかけに対しすぐに反応する。

「なんだ？」

「その、……お願いがあるの」

怪訝そうに見つめてくる兄を、マリーはすがるように見つめ返していた。

「今夜の舞踏会では、ずっと側にいて欲しいの。この前みたいに、おひとりでどこかに行かないで」

そう告げるのが今の精一杯だった。

兄は少し首をかしげたが、やがて頷く。

「そうだな、私としてもなるべくそうしたいと考えている。少なくともお前をひとりで危険に晒さないよう、配慮しよう」

「ありがとう、お兄さま」

マリーはホッと胸を撫で下ろした。兄がまた窓の外へ視線をやるのにつられ、自分も景色を眺める。

間近まで切り通しが迫っている山道は、左右から木々の枝が張りだしてとても狭くなっている。その間を、小鳥たちがさえずりながら飛び回っていた。

マリーはこれまで、自由に外を飛び回ることができなかった。

それを思えば今は夢のようである。しかし、どこにでも行けるという立場が逆に不安を呼ぶ。

しかしすでに鳥籠の扉は開けられた。近い将来、マリーはあの館から飛び立たなくてはならない。

舞踏会の会場となった王宮の広間は、先日にも増して多くの参加者で溢れていた。

マリーとアドリアンは人混みの中を縫うように進んでいく。

今夜も兄に連れられて、何人もの参加者と言葉を交わした。中にはダンスに誘ってくる若者もいて、マリーはできる限りその申し出に応えていた。もちろん、アドリアンの勧めがあったからである。

どこに自分たちの力になってくれる人がいるかわからない。だから、なるべく多くの方と接触しなければ。

国王陛下と謁見したいというマリーの願いを叶えるために、兄は頑張ってくれているのだ。自分もその努力に見合うだけの働きをしたいと思う。

しかし、何曲も続けて踊れば、さすがに息が上がってくる。

ようやく人の輪から外れたマリーは、いつの間にか兄が側にいないことに気づいた。先ほどまではダンスが終われば必ず迎えに来てくれたのに、今はどこにもその姿が見当たらない。

どこを向いても知らない顔だらけ。マリーは泣きたい気持ちになってあたりを見渡していた。

ざわざわとした胸騒ぎが広がっていく。

焦ってしまったせいか、自分に近づいてくる足音にも気づけずにいた。

「やあ、エミリー。またお会いできましたね」

聞き覚えのある声に振り返ると、そこにはあのジェルマンが立っていた。彼は四日前と少しも変わらない、親愛に満ちた笑みを浮かべている。

誰の心も和ますような表情も、今のマリーの気持ちをなだめることはできなかった。それでもひとりぼっちではなくなったことで、少しはホッとする。

「今夜はたくさん踊っていますね。次から次へと誘われているので、なかなか声をかけることができませんでした」

「ですが、疲れてしまって。少し休ませていただこうかと思っておりました」

「それは残念。次の曲では是非、お誘いしたかったのに」

その言葉に、マリーは曖昧な微笑みで応えた。

決して悪い人じゃない。そう信じたいのに、耳に入れてしまったいろいろな情報が邪魔をする。

「アドリアンを探しているんですか？　彼だったら、あそこにいますよ」

彼が指し示した方を見ると、兄は柱の陰で見知らぬ赤毛の女性とグラスを傾けていた。もちろんマリーの知らない相手だ。

遠目にも女性の方が積極的なのは明らかである。彼女がなにか一言口にするたびに、髪に挿された羽根飾りが妖しげにふわふわと揺れていた。まるでアドリアンを誘惑しようとでもするように。

この前の夜と同じように、モヤモヤした嫌な気持ちが胸にこみ上げてくる。前回彼を囲んでいたのは数人だったが、今回はふたりきりで親密そうだ。なんだか兄に裏切られたような気持ちになってくる。

　今夜は一緒にいてとお願いしたのに、お兄さまは他の女性と……。

「気になりますか？」

「……え？」

　心の中を探り当てられたような居心地の悪さを感じ、マリーは小さく声を上げる。

　ジェルマンは何気ない様子で続けた。

「あれは確か、フレモン子爵のロクサーヌ嬢ですね。あのふたり、なかなかお似合いではありませんか？」

　実はマリーもまったく同じことを考えていた。

　胸元が広く開いたドレスをしっとりと着こなしたその女性は、妖艶な大人の魅力を漂わせている。そんな彼女が傍らに立つと、兄の魅力がさらに引き立つように思えた。

　しかし、他人にわざわざそれを指摘されると、とたんに面白くない気分になってくる。

「別に……兄のお相手がどのような方だろうと、わたしには関係ありませんわ」

　つんとすました顔で答えると、ジェルマンはくすくすと笑う。

「わかりやすい反応ですね。あなたは本当に可愛らしい方だ。……おや、彼が僕たちに気がついたみたいですね。こちらにやってくるようです」

人波をかき分けながら進んでくる兄の姿に、我を忘れて見入ってしまう。

さらさらと流れる黒髪に翻るコート、すっと伸びた背筋と揺るぎない足取り。彼の周りにだけ、光のベールが煌めいているように見える。

なにより、まっすぐに自分だけを見つめている瞳に、たまらなく心が震えた。

しかし、途中まで進んだところで、彼はまた他の女性に声をかけられて立ち止まってしまう。

マリーはそれを見て、肩を落とした。

兄はどうにかやり過ごそうとしているようだが、女性の方はそれでは納得しないという態度を見せている。そうしているうちに、ふたりは手を取り合ってダンスの輪の中に進んでいってしまった。

「ふふ、このままではこちらにたどり着くまでに夜が明けてしまいそうですね」

本当にそうかもしれないと、マリーは思った。

アドリアンに心惹かれてしまう女性は数え切れないほどいる。その事実が、マリーの気持ちを波立たせるのだ。他の誰かと兄が仲むつまじくしているところを見せつけられて、楽しいはずもない。

舞踏会に参加する目的が自分の中で明確になっているのに、何故か気が進まないのはここにも理由がある。館にいるときのように兄がすべての関心を自分に向けてくれないのが悲しくてならないのだ。

今夜もこの広間には兄の知り合いがたくさんいる。あの中の誰かが、彼の伴侶として選ばれるのだろうか……。

そう考えただけで、不安に胸を摑まれて息苦しくなる。

数日前まではそれも仕方のないことだと諦めることができたのに、今はそうではなくなっている。

アドリアンがもたらした「大人のキス」はマリーの心を違う色に染め始めていた。マリー本人すら気づかない密やかさで、その感情は胸の奥にしっかり入り込んでいる。

「また曲が変わったようですよ。よろしかったら、僕とも一曲踊っていただけませんか。……ね、いいでしょう?」

彼のエスコートは流れるように自然だった。

気がつくと広間の中央まで進んでしまっている。マリーの手を握るその手のひらは柔らかく、しっとりしていた。

軍人である兄とは明らかに違う手触りに、新鮮な驚きを覚える。マリーにとって「男性」といえば、今までアドリアンだけだった。この不思議な感覚を、どう表現したらいいのだろう。

「あなたのステップは蝶のように軽やかですね。ついつい惑わされて、自分の足下が疎かになってしまいます」

「そんなことは……」

むしろそれはジェルマンに与えられる評価であるように思える。

彼は今日踊ったほかの誰よりもダンスのリードが上手だった。難しいステップも難なくこなす。本人もそれをはっきり自覚して、常に余裕があるように見える。

書庫に籠もって書物の相手ばかりをしていたと話していたが、公爵の子息としてひととおりのことは身につけているらしい。

広間では王宮楽団の生演奏が続いていた。

参加者たちが次々に踊りの輪に加わってくる。その数は曲が変わるごとにどんどん増えていくように思われた。

あまり周りに人が増えると、兄がどこにいるのか見つけられなくなる。マリーの焦りは増すばかりだ。

「……なにか心配ごとですか？」

「あ、いえ。……ごめんなさい」

ついつい、視線をよそに泳がせてしまうことに気づかれたのだろう。それをはっきりと指摘されてしまい、言い訳もできなくなる。ダンスの間はパートナーに意識を集中させなくてはならないのに、大変なマナー違反だ。

しかし、ジェルマンはそれほど気にしている様子もない。

「いえ、構いませんよ。もしも僕で力になれることがあれば、ご協力しますけど」

ダンスを続けながらの会話は、まるで内緒話のようだ。

この人に心を許してはならない。そうは思っても、あまりに快い受け答えにホッと寄りかかりたくなってしまう。

昨日、遠出の小言以外に養父から言われたことを、マリーは兄に話せずにいた。兄には話してはいけないと釘を刺されたからだ。でも、兄以外の相手になら、話してみてもいいのかもしれない。それに、ジェルマンの反応を見ることも意味があるように思えた。

「ジェルマン様。バロワン伯爵がどちらにいらっしゃるか、ご存じですか？」

「えっ、……バロワン伯爵、ですか？」

思い切って尋ねてみると、ジェルマンは目を丸くした。

「彼になにか用事でも？」

「ええ、それが……」

昨日、書斎に呼び出された折り、その名前を告げられた。

以前養父と親交のあった相手で、このたびのマリーの社交界入りに際して手紙を送ったところ、是非一度会ってみたいとの返事が戻ってきたのだという。

彼ならば、マリーが国王陛下と謁見するために大きく貢献してくれるはずだ。だからなんとしても親しくしておくべきだと言われている。

しかし兄はバロワン伯爵についてあまりよい印象を持っていないらしい。きっとなにか理由をつけて、伯爵からマリーを遠ざけようとするに違いない。だからアドリアンには伝えるな、というのが、養父の言い分だった。

見ず知らずの人、しかも兄が良く思っていない方に近づかなければならない。

そう思うと、昨日からずっと気持ちが晴れなかった。

「……こんな事は言いたくないですが、彼については、あまり良い噂を聞きません」

「それはいったい……どういうことですか？」

「あそこの柱の前に立っているのが、バロワン伯爵ですよ」

ジェルマンに促されて、マリーも彼の視線の先を見た。

そこにはとてもふくよかな初老男性が立っていた。

ひときわ煌びやかな衣装に身を包んだ伯爵は、養父と同じくらいの年齢に見える。

「ふふ、やっぱり驚きましたか？　ちょっとあの太り方はないですよね、不健康すぎます。あんなに下腹が突き出していては、歩くのも大変そうですよ。それに不摂生が過ぎるのか肌もひどく荒れている。僕は歳を取っても、あそこまでにはなりたくないな」

「えっ、わたしは別に……」

そんな風には思っていないと慌てて首を横に振るマリーに対し、ジェルマンは遠慮なく続ける。上品な顔立ちからは想像もつかない程の毒舌だった。

「実は彼、二月ほど前に奥方を亡くしたばかりなんですよ。今は後添え候補を探していると聞いています。そのためなのか、最近は王宮へも頻繁に出入りしているようですね」

伯爵はしきりに身体を揺らしながら、隣に立っている貴婦人に話しかけている。

「後添えを……」

ジェルマンの説明に、マリーは大きく目を見開いた。

舞踏会が男女の出会いの場だとはいっても、彼は他の参加者と比べるとかなり年長になる。

もちろん、他にも年配の男女はいるが、彼らは息子や娘の付き添いとして参加しているようだ。

「国王陛下のおぼえもめでたく、伯爵家ですからね。確かに悪い話ではありません」

「そ、そうですね……」

「でも気をつけた方がいいですよ。彼は女性に手が早いと有名ですからね」

ジェルマンはマリーの反応を探るようにじっと見つめてくる。どんな言葉を返したらいいのかもわからず、マリーは途方に暮れた。

「もしもなにかあったら、僕に助けを求めてください。すぐに飛んでいきますよ」

どこまでが本気かわからないことを言って、ジェルマンはまたくすくすと笑う。

「さあ、そろそろ休みましょうか。さっきから他の男たちの視線が背中に突き刺さってくるようで落ち着きませんから」

踊りの輪から外れたところで、ジェルマンは知り合いに声をかけられてどこかに行ってしまった。

またひとりきりで残されたマリーは、必死にアドリアンを探す。しかし、どこにいてもすぐに見つかるはずのその姿がなかなか見当たらない。

「おお、もしや君がエミリーかい？」

しゃがれた声に振り向くと、すぐ近くになんとあのバロワン伯爵が立っていた。

「お父上から話を聞いているだろう、私がバロワンだ。ほう、……これはこれは」

伯爵の色めきだった眼差しを目の当たりにして、マリーはどうしていいのかわからなくなっていた。兄がここにいてくれたら良かったのに、それならどんなにか心強いことか。

しかしすぐに気持ちを立て直し、教えられたとおりの挨拶をする。

「……お初にお目にかかります。エミリーと申します」

ドレスをつまみ上げ、深く頭を下げる。しかし、そうしている間も舐めるような伯爵の視線を肌に感じ、申し訳ないとは思いつつも嫌悪感が抑えられずにいた。

「やはり、セリュジエ家の血筋だね。亡きソフィ王妃に生き写しではないか」

伯爵はそう言うと、肉厚の手でおもむろにマリーの手を握る。続いてもう片手は背中に回された。

「さあ、こちらに来なさい。ゆっくり話をしよう」

そう言って、バロワン伯爵はマリーをバルコニーへと誘い出そうとする。

どうしよう、お兄さまに黙って会場を出たら、また叱られてしまう。でもお父さまから伯爵にはくれぐれも粗相のないようにと言われているし……。

彼は戸惑うマリーの髪を撫で、頬に触れる。その指先は汗が滲んでいるのかベタベタしていた。

「こんなに愛らしいのだ、お父上も君の嫁ぎ先を決められずに苦慮していらっしゃることだろう。だが、私が相手ならば心配はいらない。我がバロワン領はセリュジエ領とは目と鼻の先、戻りたいときに戻れて好都合ではないか」

いったい伯爵と養父の間でどのような話が進んでいるのだろうか。マリーはすっかり混乱してしまい、束縛を解くことができずにいた。

わたし……どうしたらいいの？

そのとき、ふっと目の前に影が差した。

「エミリー、こんなところにいたのか」

顔を上げると、そこにはアドリアンが立っていた。ちょうど会場の照明を背にしているので、マリーの前に彼の影ができたのだ。

彼は素早くマリーの手を取るとそっと自分の背に隠し、バロワン伯爵の前に立った。ふたりが間近で向かい合うと、長身のアドリアンと伯爵とでは頭ひとつぶん以上の身長差がある。

「ご無沙汰しております、バロワン伯爵。今宵はお目にかかれて光栄です」

一方の伯爵は大きく膨らんだ下腹を揺らしながら、兄に対しぞんざいな眼差しを向けてきた。

「おお、これはアドリアン。君に断りもなく、すまなかったな。あまりに可愛らしい妹君だったから、ちょっと拝借していたよ。まこと、花のようではないか」

「ええ、父も目の中に入れても痛くないほどに可愛がっております」

「いや、それは君も同様だろう。ただ、あまり過保護なのは良くないぞ、せっかくの良縁を逃すことになる」

対してアドリアンは、少しの動揺も見せずにさらりと答えた。

「ご忠告を感謝いたします、伯爵」

「では……今宵はこれで失礼するよ。エミリー、今度またゆっくり話そう」

バロワン伯爵はどうにも腑に落ちない表情を浮かべつつ、なすすべもなく退散していく。マリーの身体はいつの間にか、ぞっとするほど冷え切っていた。アドリアンはホッと一息ついたあと、含みを持たせた声で言う。

「……今日はもう引き上げよう」

低い声でそう告げる兄の表情を見上げるだけの勇気はどうしても持てなかった。

父から言われていたこととはいえ、兄との約束を破ったかたちになる。そう思うと、身動きが取れなくなった。

出口に向かって歩いていくと、そこにジェルマンが近づいてくる。

「やあ、ふたりとも。ようやく再会できたようですね」

明るい声で微笑みかけてきた彼であったが、アドリアンの顔を見上げてふっと表情を変えた。

「嫌だなあ、そんな風に睨みつけなくてもいいじゃないですか」

「――失礼する」

マリーはふたりのやりとりの意味がわからず、戸惑うばかりだった。あっという間に先に行ってしまう兄を追いかけながら振り向くと、ジェルマンは苦笑いしながら肩をすくめていた。


夜闇の中を馬車が走り出すと、アドリアンはそれまで一文字に閉じていた唇をかすかに動かした。

「あれは……いったい、どういうことだ？」

低い、まるで地を這うような声。

「どうしてバロワン伯爵の誘いに応じたのだ。しかもあのように気安く身体を触れさせるとは。あんなに注意したのに、もう忘れたのか」

「そ、それは……」

ここで養父の名前を出すわけにはいかない、マリーはどうにも返答に困って口をつぐむしかない。苦々しげな眼差しを向けられても、どうすることもできなかった。

「遠乗りのときに教えたはずだ。触れられそうになったら避ければいいと。それなのに何故、私の言うことが聞けない？」

「ごっ、……ごめんなさい、お兄さま」

まさか、いきなりあんな風に触れられるとは思わなかったのだ。しかも養父の言葉に従わなくてはならなかったから、どうすることもできなかった。

「謝れば済む話じゃない。あのように振る舞っていれば、軽々しい女だと噂される。お前はそれでもいいのか？」

マリーは大きく首を横に振る。そうするだけで精一杯だった。

「悪いことをしたのはわかっているんだな」

今度は小さく頷く。マリーは泣き出しそうだった。

社交界入りをして大人になったというのに、自分は兄を困らせて呆れさせてばかりいる。自分の浅はかな行為は、国王軍幹部である兄の立場も悪くしてしまうだろう。

それはわかっている、わかっているけど……どうすることもできなかった。

今夜はずっと側にいて欲しかったが、兄には兄の付き合いがあるから、それを強要はできない。ジェルマンも肝心のときにいなくなってしまう。そうなれば、自分の身は自分で守るしかないのだ。

バロワン伯爵に好き勝手に身体を触られるのは本当に嫌だったが、兄に嫌われるのはもっと辛い。

「ごめんなさい、お兄さま。次はちゃんとするから、……許して」

謝れば済む話じゃないと言われても、やはり必死に詫びるしかないと思う。

「許す、許さないの問題でもないだろう。教えたとおりにできないのなら、相応のお仕置きを受けてもらうしかない」

「えっ……」

「お前はやはり、身体に教え込むしかないようだ」

アドリアンは力任せにマリーを抱き寄せると、遠乗りのときのように息がかかるほどに唇を寄せた。

「さあ、避けてみろ。今度はできるはずだ」

しかし、その言葉と共に、抗う暇もなく唇が塞がれていた。拒むどころか、あっという間にその行為を受け入れ、自分の口内に兄の舌を導いてしまう。

しばらく激しく水音を立てながら、お互いを貪り合う。唾液で喉の奥が詰まってむせ込んでも、なかなかやめることができなかった。

一度唇を離すと、兄は厳しい口調で言い放つ。

「避けろと言ったはずだ、どうして言うことが聞けない」

そんなことを言われても無理だ。目の前に兄がいると思えば、身体が勝手に反応してしまう。

鼻先がくっつくくらい間近で囁かれると、切なさに胸を突かれて苦しくなる。マリーは胸の痛みを少しでも和らげたくて、いつしか返事の代わりに自分から唇を重ねていた。

すぐに舌先が激しく触れ合い、ぐちゅぐちゅという水音とやるせない語らいが再開される。

マリーは自分がどんなにこの瞬間を待っていたかを悟った。

唇が触れ合うたびに、舌で互いを深く味わうたびに、新しい甘さが胸に浮かんでくる。

心を巣くっていたわだかまりさえ、どこかに吹き飛んでいた。

「もっとひどくされたいのか?」

熱い吐息が耳元にかかる。アドリアンは、マリーの耳たぶから首筋、そしてレースに縁取られた胸元まで、唇で辿っていった。くすぐったさだけではない不思議な感覚が広がっていく。

「……お兄さま?」

マリーの胸を飾っていたリボンが、アドリアンの長い指で静かに解かれる。低く響く声が素肌の上をなぞっていった。

「避けなくていいのか?」

あっという間に胸元がはだけ、小さめではあるがかたちのいい乳房が露《あら》わになる。

「えっ、お兄さま……やめて!」

マリーは慌てて両手で前を隠そうとした。しかし、すぐに手首を摑まれてしまう。

「本気で避けてないだろう?　すぐに振りほどけてしまうぞ」

「でっ、でも……そんな」

これまで裸を見せたことがあるのは、サラひとりだけだ。着替えも入浴も彼女だけが手伝ってくれたし、そもそも親兄弟とはいえ異性には見せるものではないと教えられていた。

真っ赤になって逃れようとする彼女を、アドリアンは静かな声で諭す。

「嫌ならば、もっと強く拒め。それができたら許してやる」

アドリアンはそう言うと、胸を覆っていたマリーの腕を強引に振りほどいてしまう。そして瑞々しい膨らみにじっと見入った。

「いっ、嫌……」

兄が自分の胸をじっと見ている。それを目の当たりにして、マリーは恥ずかしさのあまり頬を紅く染めた。

このまま見つめ続けられたら、首筋から身体全体が上気していきそうだ。

「早く避けてみろ」

「……あっ……」

片方の胸をそっと撫でられる。いきなりの刺激にマリーは小さく声を上げた。

「自分から誘ってどうする、そんなことだからつけ込まれるんだ」

「あっ、ああ……」

くすぐったいだけではない、もっと別の深い感覚がピンとそそり立ったその場所から生まれている。マリーは座席に横たえられ、両胸に優しく密やかな愛撫を受け続けていた。

「……あんっ、ふわっ……、ああんっ、……んんっ……！」

長く艶やかな鳶色の髪が座席の上に収まりきらず、滝のように床に向かって流れ落ちていく。

アドリアンは指先や手のひらを器用に使い、マリーの官能を呼び覚まそうとしている。膨らみを下から持ち上げ、乳首をさすり、全体を揉みほぐす。甘やかな行為に、マリーの身体はどんどん熱く火照っていった。

「あっ……、お兄さま、わたし、なにか変……」

胸に触れられているはずなのに、何故かおなかの奥がじんじんとしてくる。切ないようなもどかしいような、なんともたとえようのない不思議な感覚だ。それは、兄の手のひらの熱を感じるたびにさらに強くなった。

身悶えるマリーを、アドリアンは冷静な眼差しで見守る。

「あんっ……。うんっ、……あくっ……」

首筋にキスの嵐を落としていた唇がゆっくりと胸元に降りてくる。そして、桜色に染まった先端をそっと含んだ。

「……あっ、はぁん……！」

今までにない生々しい感覚に、マリーの身体が跳ね上がる。思わず起き上がるが、すかさず拘束されてしまう。つんと尖った周りを舌先でゆっくりと舐め回され、そのあと強く吸い上げられた。

湿った情熱が、硬くなった先端に絡みつく。マリーは首を横に振りながら、喘いだ。

「おっ、……お兄さま！　それ、駄目っ。……あっ、あぁっ……！」

もう片方の先端も指でつまみ上げられ、押しつぶされている。汗と唾液の混ざった雫が素肌を流れていく。自分の身に起こっていることがはっきりと知らしめられて、気が遠くなる。

「無理矢理にされて、感じているのか。マリー、お前の身体はどこまで淫らなのだ。肌がピンク色に染まっている。そうすることで男を誘っているのがわからないのか？」

「……あっ、ああっ……！　お兄さま、お兄さまっ！　くうっ、……はぁん……っ！」

マリーはさらなる刺激を求めるように、背中を弓なりにして胸を大きく突き出していた。まるで、自分が兄に愛されるために生まれた人形になってしまったように感じる。

「はじめからこんなに感じてしまうなんて……本当にいけない子だ。これで王女の血筋とは、聞いて呆れる」

「だっ、……だって、それはお兄さまが……いっ、いやあっ……」

マリーは苦しげに熱い息を吐き出す。

こんな風に乱れてしまう自分が、たまらなく恥ずかしい。

そうであっても、もっともっと欲しい、感じてみたいという欲求は止まらなかった。

マリーはとろんとした幸福感の中をどこまでも漂い続けていた。

素肌に直接感じる体温や吐息は、大好きな兄を誰よりも間近に感じられる。桜色に染まった肌には汗の粒が浮き、春先の夜半であることを忘れさせた。

「マリー、どうして拒まないんだ」

続いて、アドリアンはマリーの身体を背後から抱きかかえる。そして胸を手のひらで愛撫しながら、滑らかな白い背中に舌を這わせた。

もはや、抵抗する気力はどこにも残っていない。それどころか、甘い快感の檻に閉じこめられ、抜け出せなくなってしまった自分がとても幸せに思える。

「こんなに無防備に男を受け入れてどうする」

「あぁあ……っ、……お兄さま、お兄さま……っ。私っ、あんっ、ふぁっ……ああんっ……！」

自分だけが乱れて声を上げるのが恥ずかしくて仕方ない。それでも途中でやめられるのはもっと嫌だった。

兄の手が唇が、自分の素肌に触れている。しかも妖しく動き、今までに感じたことのない熱を落としていく。そのたびにおなかの奥の疼きもどんどん強くなった。身体の外側からだけではなく、内側までも暴かれ、まさぐられているような気分になる。

ドレスの前をはだけさせ、はしたない格好になっていることもマリーにとって問題ではなくなっていた。足をばたつかせながらも、もっともっと欲しいと求めてしまう。

兄の荒々しい手のひらは、マリーの気持ちに残らず応えてくれていた。

密やかで悩ましくて、花びらで埋め尽くされた湖に身を投じてしまったようだ。時間の感覚も曖昧になっていく。

「お前は、誰にでも同じようにするのか。他の男にもこんな風に触れさせるんだな？」

「え……」

「あのバロワン伯爵も、機会があればすぐにでもそうしたいと思っているはずだ。お前もそれをどこかで待ち望んでいるのではないか？」

突然、心を切り裂くような声が耳元に届き、マリーは非情すぎる兄の言葉に途方に暮れた。

別の方とこんなことを？　そんなのとても信じられない。しかも、まさかあのバロワン伯爵が相手なんて——。

「……いっ、いやぁっ！　違いますっ、そんなはずないです。他の方なんて！　わたし、……わたしは……」

「私以外の相手には触れさせないと約束するか？」

「はっ、はい。約束します、約束しますから……そんな恐ろしいことを、言わないで」

マリーは悲鳴のような声を上げ、懇願した。

「もう、バロワンの誘いなどに乗るな。声をかけられても適当にあしらうんだ、わかったな？」

「もちろんです、お兄さま」

「そうか、それならいい」

「……っ、あの」

許しの言葉をくれたにもかかわらず、アドリアンの責めは終わらなかった。彼の手のひらの中で自分の胸がたぷたぷと音を立てながらかたちを変えていく。

いけない子だと言われても、身体が反応してしまう。もう自分の気持ちを止めることなどできなかった。

もっともっと、して欲しい。いつまでもやめないで欲しい。

これは、軽率な行動を取ってしまう自分への戒めだ。それがわかっていても、高ぶる気持ちを抑えることができない。兄が言うように、冷静に自分を制御しなければならないのに、それは無理だ。ひどくされればされるほど、反応してしまう。

お兄さまに触れられると、わたしは変わってしまう……。

兄の唇はマリーを責め立てる言葉を吐き出しながら、次の瞬間にはマリーの身体に甘美な熱を植え付ける。

マリーは髪を振り乱して兄を呼びながら、次々に身体を襲いかかる快感に酔いしれた。余計なことはなにも考えられなくなっていた。

馬車は暗い山道をゆっくりと進んでいく。

外は冷たい春の夜。女性の悲鳴のような突風が通り過ぎていく。

しかし、むつみ合うふたりには、互いの体温を感じること以外、なにも必要なかった。

第四章

養父の強い勧めもあり、マリーたちは翌週の王宮舞踏会にも参加することになった。

三度目ともなれば少しは場慣れしても良さそうな気がするが、未だに底知れぬ緊張からは逃れられない。

他の参加者たちは、マリーをアドリアンの妹だとすっかり信じ込んでしまっている。

そのことも国王陛下との謁見を実現するための足がかりを作るために積極的な行動が起こせない理由のひとつになっていた。

そもそも、養父が考えたこの作戦自体が失敗であったのではないだろうか。そうは思っても、とても本人を前に口に出せることではない。

『有力な協力者も見つけられず、毎回なにも収穫がないとは情けない限りだ。お前たちはただ、社交界を楽しんでいるつもりなのではあるまいな？』

しかも、今日出かける前に、兄が養父に責め立てられているのを耳にしてしまった。

兄はそれに対してなにも反論していなかったが、内心はどうだろう。毎回舞踏会の会場ではさまざまに心を砕いてくれているのを知っているだけに、本当に申し訳ない気持ちになる。

お兄さまのご苦労も知らず……お父さまはひどい。

もちろん、養父は養父で昔の知り合いを当たっているらしい。しかし長年の不義理がたたっているのか、なかなか芳《かんば》しい返事をもらえないようだ。

相変わらず、王座は空席のまま。王妃様おひとりだけが、無表情で皆を見下ろしている。

あの方はお幸せなのだろうか。

そのお姿を見上げるたび、マリーはとても切ない気持ちになってしまう。もしも自分があの方と同じ立場にあったらと思うと、とても悲しくやりきれない。

まずは国王陛下と王妃様がしっかりと寄り添うことこそが大切なのではないだろうか。

そんなことを申し上げる立場にはないが、ついついそんなことを考えてしまう。

わたしが王女として名乗り出ることにどんな価値があるというのだろう。そんな迷いまでが心に浮かんでくる。

マリーはその日も顔なじみになった紳士たちに誘われて何曲か踊ったあと、壁際に身を隠すようにして広間の様子をうかがっていた。

今夜も数えられないほどの参加者が会場に集《つど》っている。色とりどりのドレスが楽団の演奏に合わせて右に左に揃って揺れるさまが、とても優美でいくら眺めていても飽きない。

　ふと姿を探してみると、兄は軽食のテーブルの前で数人の紳士と談笑しているところだった。国王軍での顔なじみなのだろうか。相手は皆、かなり年上の様子だが、アドリアンは少しも臆することなく堂々としている。

　女性と話しているわけではないとわかってホッとするが、いつまで経っても話の終わる気配がない。

　兄もどうにかして、国王様との謁見を実現するための足がかりを作ろうとしてくれているのだろう。友人知人に積極的に声をかけて回っている理由もそこにあるに違いない。それがわかっていても、ひとりで取り残されるのはやはり心細くて仕方なかった。

　自分も飲み物でもいただこうか。そう思って、一歩踏み出したところだった。

「おお、エミリー。ここにいたのか、ずいぶん探していたのだよ？」

　ねっとりした独特の声に振り向くと、想像どおりそこにはバロワン伯爵が立っている。

「君が会場に入ってきたときにすぐに気づいたのだがね、君の兄上が片時も側を離れないのでなかなか声をかけられなかった」

　どうもずっと機会をうかがっていたようだ。マリーがひとりになるのを待っていたのだろう。

「ほうほう、やはり見れば見るほどに亡き王妃に似ている。なんと見事な髪だろう、あの頃の私はこの髪に触れてみたくてたまらなかったのだよ。だがそうする前にいつでも、今の陛下である王太子が割って入ってきてなあ……ああ、今思い出しても口惜しいことだ」

伯爵は、顔を合わせるのが二度目とは思えない親密さでマリーに寄り添うと、鳶色の美しい髪を人目も憚らずに撫で回した。マリーが嫌がらずに大人しく従っていることを幸いと思ったのか、脂ぎった顔を遠慮なく寄せてくる。

「なんともかぐわしい、花のような香りだ。誠に美しいな、エミリーは」

今度こそ、きちんと拒まなければならない。それが兄との約束だったのだから。

そう思ってさりげなく身体を引こうとしたが、それより早く伯爵がマリーの腕を取る。

「おやおや、どうしたのかい？　そんなに慌てることはないじゃないか。今日こそは君とゆっくり話がしたいと思っていたのだよ」

戸惑うマリーに伯爵は思わせぶりに耳打ちした。

「君の大切な兄上の将来のためにも、とても大切な話だと思うのだがね」

「……え？」

それはいったいどういうことだろうか。思わず聞き返してしまうと、伯爵は含みを持たせた笑みを浮かべる。

「まずは私と一曲踊ってもらおう。こんな風に立ち話をしていると、またいつ君の兄上がやってくるかしれない。途中で話に割り込まれては厄介だ」

「は、はい」

声が震えていたが、幸いなことに伯爵はそれに少しも気づいていない様子だ。

肉厚の手で片手を取られ、もう片方の腕が腰に回る。しかし、それだけでは済まされない。彼はマリーの腰を自分の腰に強く押しつけてきた。

ぎょっとしたものの、ここで腕を振りほどくことは許されない。一度ダンスの誘いを承諾したあとで女性の方から断ることは、マナー違反になる。伯爵もそのことを心得た上で、マリーをダンスに誘ったのだろう。

「緊張しているのかい？　君はソフィ王妃とは違って、ずいぶん奥手なようだ。彼女は明るく朗らかで、いつでも舞踏会の華であったからな。まあ、大人しく控えめなのも悪くない。それだけ、開発の余地があるということだからね」

身体をぴったりと密着させられ、首筋に生臭い息がかかる。背中や腰を撫で回され、どうしていいのかわからなくなった。

「伯爵様、お話というのは……」

今にも泣き出しそうになるのを必死に堪えながら、マリーは伯爵に身体を預けていた。

「おお、そうであったな。肝心なことを忘れていたよ」

バロワン伯爵は、マリーの耳元に唇を寄せる。湿っぽい息が、容赦なく耳たぶをかすめた。

「君の兄上だがね。彼は今でこそ武勲を立てて皆から称賛される存在だが、その実はまだまだ危うい立ち位置にあるのだ。彼はフォーレ公爵に目をつけられているからね。君も気づいているだろう、公爵の息子が君たちにやたらと接触しようとしていることを。あれにも相応の理由があるのだ」

　話を続けながらも、伯爵はマリーの身体を容赦なくまさぐっていく。そのやり方はあからさまで誰の目からもわかるほどであったが、彼は周囲の視線を気にする様子もない。それどころか、得意げに見せつけているようにすら思える。

「実は……最近、妙な噂がある。十数年前にセリュジエ領で起こった山火事はアドリアンが起こしたのではないか、というのだ。君のお父上はそれを知っていて、彼を庇っているのだと」

「ま、まさか……」

　マリーは自分の耳を疑った。

　山火事の嫌疑をかけられ、養父が謹慎処分になったことは聞いている。しかし、それが兄を庇ってのこととは初耳であった。しかし、そのようなことがあるはずもない。

「あ、兄がそのようなことをするはずはありません」

　必死で言葉を返すマリーを、伯爵は興味深そうに見守っていた。

「ふふふ、君は本当になにも知らないのだな」

「ど、どういうことでしょうか？」

「アドリアンにはあのとき、そうするだけの理由があったのだよ。お父上はすべてを知って、一度は彼を館から遠ざけた。しかし何故か数年後、不憫に思ったのか勘当を解いたらしいがな。

──君はそのことも覚えていないのかい？」

どうしてこの人は、男爵家のことをすべて知っているように話すのだろう。全部嘘だ、でたらめだと思いたい。しかし動揺のあまり、声も出なくなっていた。

「もしもこの先アドリアンが火事を起こした証拠が見つかれば、彼自身も男爵家も大変なことになるだろうな。フォーレ公爵の息子が君や君の兄の周辺をうろついているということは、何かを掴んだからに違いない。でも、私ならフォーレ公爵の動きを封じることも可能だ。君の兄上を守るために、一肌脱ごうじゃないか。……決して悪いようにはしないよ」

マリーはすでに言葉を失っていた。

違う、そんなはずはないと心が叫んでいても、言い返す気力は残っていなかった。

人々のさざめきも遠ざかり、音のない世界に入り込んでしまった気がする。

伯爵の太い腕に抱かれたまま、マリーの身体は氷のように凍えていた。


「……バロワン伯爵とのダンスは、どういうつもりだ？」

馬車が帰途につくと、アドリアンは閉め切ったカーテンを睨み、強い口調で言った。

「……見ていらっしゃったの？」

ようやくそれだけ答えたが、声に力が入らない。

アドリアンはその声の弱さに少し眉を寄せたが、厳しい口調で続けた。

「何度同じことを言わせる。あの男には二度と近づかないと約束したはずだろう？　それなのに、やりたい放題にさせて。もしや、伯爵に言い寄られてその気になっていたのか？」

「ひどい、お兄さま。わたしはそんなつもりじゃ……」

必死に訴えようとするマリーに対し、アドリアンはさらに言葉を重ねてくる。

「やはり、私との約束は守れないと言うことか」

「いいえ、守ります。これからは、ちゃんと守りますから……」

「お前は言い訳ばかりだな、口ではなんとでも言えるものだ。その口、塞いでしまおうか」

アドリアンはマリーを強引に抱き寄せると、顎を摑んだ。

唇を塞がれて、舌を強引に差し込まれる。そうされれば、マリーも本能で応えてしまう。くちゅくちゅと響き渡る水音が口内に広がり、妖しいときめきが、胸を覆っていく。そうなるともう、逃れることなど不可能だ。

「覚悟はできているのだろうな」

「やっ、だから違うのっ……」

「なにも違わない、お前はこれからお仕置きを受けるんだ」

マリーの声をアドリアンは強引に振り切った。

すぐに胸元のリボンが解かれ、胸からみぞおちまでが露わになる。

ツンとそそり立った先端が、早くも期待に震えていた。そんな自分が情けなくて、どうしようもない気持ちになる。

「キスだけで感じていたのか。お前は本当にふしだらな娘だな、だからあんな男にも気安く触らせる」

「嫌っ、そんなのじゃないの……っ！」

座面に仰向けに倒され、やわやわと胸全体を揉まれる。その心許ない動きに、マリーはか細く喘いだ。

兄が憤る理由はわかる。それはマリーが約束を守らなかったからだ。次はきちんと拒めときつく言われていたのに、結局はされるがままになってしまった。

でも、伯爵から聞いたあの恐ろしい話をお兄さまに直接尋ねるわけにはいかない……。拒めなかった相応の理由があったとしても、口に出して説明できないのなら仕方ない。

マリーは泣きたい気持ちで、強引すぎる愛撫に身を任せるしかなかった。

アドリアンはマリーの首筋に嚙みつかんばかりに舌を這わせる。

ぬるりとした刺激が呼び込む動物的な感覚、巧みな動きにどんどん取り込まれていく。

大きな手のひらの中で、マリーの柔らかい胸がかたちを変えていく。指の腹で色づいた頂をさすられると、おなかの内側からなにかがじわりとこぼれ落ちた。

「……はっ、ふぁっ……、やぁん……っ！」

「今夜はいつにも増して敏感になっているようだ。まさか、あの男に触れられて感じていたんじゃないだろうな？」

「ひっ、ひどいっ！　お兄さま……！」

あまりにおぞましい誤解に、身体が震え上がる。

とても恐ろしかったのに、あのまま消えてしまいたいほど恥ずかしかったのに。でも、伯爵の話を聞かないわけにはいかなかったから……。

マリーは露わになった肌をピンク色に染めながら、屈辱の言葉に耐えた。

「バロワン伯爵も、お前をこんな風に組み敷く日を夢見ているだろう」

「いっ、嫌よっ！　そんなの、絶対……！」

こんなときに伯爵の名前を出さないで欲しい。忌まわしい記憶が呼び起こされて、心の整理がつかなくなる。

身体が焼けるように熱い。マリーは自分の体温がとめどなく上昇していくのを感じていた。

「お兄さまだから、……お兄さまとじゃなくちゃ、嫌なのっ！」

その瞬間、アドリアンの身体がぴくっと動く気配がした。

「本当に……そう思っているのか？」

くぐもった声でそう問い返すと、唇を首筋から離す。情欲に濡れた眼差しがマリーを貫いた。

「…お兄…さま」

アドリアンは奪うようにマリーの唇にむしゃぶりつくと、一度濃厚に舌を絡み合わせてから、今度は胸元へと降りていく。胸の間をすーっと舌が辿り、そのままへそに差し込まれた。

「やっ、……ふぁんっ、……いやぁ、お兄さまっ！　くすぐったい……っ！」

初めての感覚に全身が粟立つ。一方の手のひらは肩から二の腕を辿り、脇腹に舞い降りる。そちらも指で撫でられたらたまらない。

くすぐったさがどんどん強くなり、耐えきれなくなった。

「いやぁっ、……お兄さま、やめて……っ！」

マリーがかすれる声で訴えると、ようやくアドリアンの舌が窪みから外れた。

ホッとしたのもつかの間、今度は胸の先端に吸い付かれる。

「……ひっ、ひゃあん……っ！」

この場所が年頃になって膨らむのは、将来赤子を生んだときに乳を与えるためだと聞いた。この先端からミルクが出てくるのだから、いつも清潔にしていなければならないとサラに教えられている。

でも、今その場所に吸い付いているのは赤子ではなく兄だ。そして母になった喜びではなく、淫らな感覚を植え付けられている。

「あぁっ……」

マリーは兄の頭を抱え、艶やかな黒髪に指を差し入れた。そうすることで、兄が自分だけのものになったような嬉しさがこみ上げてくる。

と、思ったのもつかの間。

いきなり胸の先に激痛が走った。

「……いっ、痛いっ！　嫌、お兄さま……っ！」

甘く吸い付かれていたはずの場所に急に歯を立てられ、マリーは身体を震わせ、叫び声を上げた。しかももう一方の先端も指先でつねり上げられている。

「やっ、やめてっ！　痛いっ、痛いの！」

「これくらいやらないと、お仕置きにはならないだろう」

アドリアンの冷ややかな頬には、なんの感情も浮かんでいなかった。

「でっ、でも……」

「……マリー、なにか隠しているだろう。どうしてバロワン伯爵の誘いに応じた？」

兄の指先で乳首が潰され、かたちを変えている。あまりの痛みに耐えかねて、マリーはとうとう真実を口にしてしまった。

「……お、お父さまからバロワン伯爵に取り入って、謁見の橋渡しをしてもらうように働きかけろと言われて」

「……そんな話、私は聞いていないぞ」

アドリアンは低い声でそう言うと、責めの手を止める。

「ごっ、ごめんなさい……お兄さまには内緒にしろと言われていたの」

胸の先がじんじんしびれている。マリーの頬を一筋の涙が伝っていった。

「そういうことか……」

兄は、さらに険しい表情になる。やはり打ち明けるべきではなかったか。でもここまで来てしまっては仕方ない。

「……マリー、お前は父上の言いつけは聞けても、私との約束は守れないんだな？」

「……えっ……」

急にすごまれて、マリーの身体は震え上がった。

「ち、違うわ。そんなことない！」

「違わないだろう。あの伯爵の相手をしたのが、なによりの証拠だ」

「いいえっ、これからはお兄さまの言いつけだけを守るから！　だからっ、許して……！」

これ以上責め立てられたら、どうにかなってしまいそうだった。

必死に訴えたが、兄の表情は動かない。

「ならば、その言葉が本当かどうか、証明してもらおうか」

そう言うと、彼は起き上がってゆっくりとシャツを脱ぎ、すでに脱いでいたコートの上に重ねた。筋肉の盛り上がった、逞しい胸板が露わになる。そこに一筋の汗がしたたり落ちていた。

国王軍の訓練で鍛え上げられた兄の体躯は、物言わぬ強靱《きょうじん》さを示していた。着替えを手伝うときに何度も見ているが、それでも思わず息を呑む美しさだ。

「これから先は、父上ではなく私の言葉に従いなさい。私のすることを拒んではだめだ。いいな？」

「……あっ……」

何かが這い上がってくる触感に、マリーは小さく声を上げた。

大きく膨らんだスカートの中に腕が差し入れられている。ヒールの高い靴はいつの間にか脱げていた。大きな手のひらがガーターベルトで留められたストッキングの上を上がっていく。膝を越え、するすると太ももまでたどり着いた。

「おっ、お兄さま……やめて」

太ももの内側をさすられると、背筋に冷たいものが走った。

その奥にあるものをマリーは知っている。そこを兄に触れられるのはどうしても嫌だった。

「駄目っ、汚いから！　触っちゃ、嫌っ！」

「私のすることは、なんでも受けいれるのではなかったか？」

「でっ、でも……」

怖い。だけど、その気持ちを口にしたら、兄との約束を破ることになる。そう思えば、耐えるしかない。

アドリアンはマリーのスカートをまくり上げると、躊躇うことなくその部分に顔を寄せた。

「この場所は、決して汚くはない。男に深く愛されるために存在するのだ」

膝を抱えられ、左右に大きく脚を開かれる。そうされてしまえば、マリーにはもうどうすることもできなかった。

「やっ、やぁっ……」

「もうぐっしょりと濡れているな」

盛り上がったスカートに視界を遮られ、兄が今なにをしようとしているのかもよくわからない。隠されていることで、さらに恐怖が募った。

「それは……」

胸を乱暴に愛撫されるたびに、身体の奥からなにかが流れ出ていたことに気づいていた。それが見つかってしまって、とても恥ずかしい。

「これはお前が感じていた証拠だ。愛液で潤《うるお》ってとても綺麗だ」

「嘘っ、……そんなこと言わないで」

誰にも見せてはいけない場所を覗かれ、その感想を口頭で伝えられる。恥ずかしすぎて溶けてしまいそうだ。

外気に晒されたその部分が、心細そうに震えているのがわかる。じっと凝視していた兄の目が、ふっと細くなった。

「覚えておきなさい、マリー。ここは男のモノを受け入れて、子種をもらう場所だ。そのための穴が開いている」

「おっ、男の……モノ？　受け入れるって、どこに……？」

信じられないことを教えられ、マリーは慌てた。

「ここに、だ」

溢れ出た雫でぬるぬるになっている割れ目を指で辿られ、初めての感覚に恐ろしくなる。本当にそんな場所に穴が開いているのだろうか。自分でも今までまったく気づいていなかった。

もしや、無理矢理こじ開けられるのではないだろうか――。

「お兄さま、怖いっ、……怖いのっ！」

「マリー、力を抜きなさい」

「……痛っ……！」

つぷっとなにかが埋め込まれる。足の付け根に感じる初めての感覚に、マリーの細い腰が大きく震えた。

「さすがにきついようだ、指一本がなかなか入らない」

「やぁっ、抜いて！　抜いてっ、お兄さま……！」

自分の中をうごめいているのが兄の指だと知って仰天した。

とんでもない異物感、身体が裂けるような痛みが走る。慌てて腰を動かしやめてもらおうとするが、逆にがっちり抑え込まれてしまう。

「しばらくは辛くても我慢しなさい、そのうちよくなってくる」

「嘘よっ、嘘！　そんなはずないもの……！」

「ではここを可愛がってやろう。痛みも和らぐはずだ」

割れ目を伝って恥骨の上を辿っていた舌が、その部分を発見する。舌先で探り出されぷっくり膨らんだ蕾が現れた。

「……ふっ、ふぁっ、……んんっ……！」

おなかの中でなにかがぐるりと裏返り、そのあと足先がどこかに引きずり込まれる奇妙で心細い感覚が続いた。

「気持ちいいだろう？　ここに触れると女は悦ぶ」

口に含まれ、舌先で転がされる。執拗な責めにマリーは腰を振って反応した。

気持ちいい？　そんな言葉ではとても表しきれない、なにかが湧き上がってくる。

舞踏会からの戻りの馬車でお仕置きが始まってからずっと、おなかの中で燻《くすぶ》っていた不思議な感覚が、どんどん存在感を増していくのがわかった。

「おっ、お兄さまっ！　やっ、なにか変っ、……怖い！　来る、来るの……っ！」

「我慢しなくていい、その感覚を受け入れるんだ」

「……いっ、いやぁっ……！」

マリーの身体を白い衝撃が駆けのぼり、頭から突き抜けていく。身体が硬直したあと、だら

りと力が抜けた。

口元から熱い息が漏れる。

「……あっ、はぁっ……」

いったい、なにが起こったのだろう。

膝がガクガクして、身体の震えが止まらない。知らないうちに涙がぽろぽろとこぼれてきた。

「私以外の男には、こんな風に触れさせてはならない。わかったな？」

そう言うと、横たわっているマリーの胸に自分の胸を押し当て、伸び上がって唇を塞いだ。

「……うっ、うんっ……！」

マリーは彼の舌を受け入れながら、背中に腕を回す。

しかし、次の瞬間。

指先がざらりとした感触を捉え、びくりと緊張した。

しっかりと身体を重ねている兄がそれに気づかないはずもない。

彼は唇を外し、マリーの顔を覗き込んだ。その頬にかすかな緊張が走っている。

「いえっ、……なんでもないの」

「誤魔化さなくていい。この傷は、忌み嫌われるものだから」

彼はゆっくりと身を起こすと、マリーに背を向けた。

頼りない室内灯で浮かび上がるアドリアンの背中に、あの傷が赤黒く浮き上がる。

傷が恐ろしかったわけではなかった。

舞踏会での伯爵の話が頭を過ぎり、動揺してしまったのだ。しかし、その反応は兄を誤解させるには十分だった。

「……怖いのだろう？」

「いいえっ、そんなことないわ！　わたしはお兄さまのすべてが大好きなの。本当よ……！」

マリーは我を忘れて、兄の背に後ろから抱きついていた。どうしたらこの気持ちを伝えられるだろう。

しばしの沈黙ののち、アドリアンがふっと大きく息を吐いた。

「そんな言い方をされると、お前を手放せなくなるだろう」

それきり、兄はしばらく動かなかった。マリーも柔らかい胸をその背に押し当てたまま、じっと待ち続ける。

不意に、車輪の振動がふたりの身体を揺らした。

「……あっ……」

胸の先に疼きが走り、マリーの身体がぴくりと反応する。アドリアンもすぐにそれに気づき、低い忍び笑いを漏らした。

すごく恥ずかしい、恥ずかしいけど……嬉しい。素肌を重ね合っていることで、互いの気持ちがいつもよりも近く感じる。

「ごめんなさい、わたし……」

アドリアンは自分の身体に回っていたマリーの腕をそっと解く。そしてゆっくりとこちらに向き直った。

「そろそろ到着だ。乱れたドレスを直すのを手伝ってやろう、お前の身体はまだ辛いだろうから」

マリーは兄の言葉に素直に従った。腕を伸ばすのも曲げるのも、兄に言われるままだ。味わったばかりの衝撃で、身体じゅうがじんじんしている。

わたしの身体はこの先どんな風に変わってしまうのだろう。想像もつかず、怯えるばかりだ。それでもきっと、されるがままに素直に従ってしまうのだろう。誰よりも兄の近くにいられる、その幸せを手放すことなんてできない。荒々しい行為も兄に施されていると思うと、喜びの方が先に立つ。

互いの服が元どおりに整うと、アドリアンはマリーの肩を抱いて優しく引き寄せた。

「これで懲りたろう？　もう二度と不用意に男に身体を触れさせてはならない。失礼に当たらないように上手にかわして、それでも相手が引き下がらないときには、手の甲を軽くつねってやればいい」

「……わかったわ。ごめんなさい、お兄さま」

兄の胸に身体を預けながら、マリーはしっかりと頷いた。

心の中にはバロワン伯爵からもたらされた不穏な情報が今も渦巻いている。

兄が山火事の犯人であるはずはない。でも、疑いがかけられている。

力あるフォーレ公爵であれば、偽りを真実とすり替えてしまうことも可能かもしれない。そんなこと、絶対にさせてはならないと思う。

わたしがお兄さまを守らなければ。そのためにはどうすればいいだろう。

◆

『すべてはお前のせいだ。すべての災いを呼んでくる、諸悪の根源め……！』

物心もつかない頃から浴びせかけられてきた罵倒の言葉。

しかもそれは、もっとも愛されたかった両親の口から吐き出されるものだった。

月の祝福の消える新月の夜に生まれた、闇色の髪を持つ子供は不幸を運んでくるという言い伝えが、領地に広く深く根付いていたからである。この領地にのみ伝わるくだらない伝承。たったそれだけのことで周囲の者はアドリアンを忌み嫌い、関わることを避けた。それは領民であっても、館の使用人であっても同じだった。

孤独は幼い心を次第に蝕んでいった。

自分さえいなくなればいいと願ったこともある。しかし自ら命を絶つことは恐ろしくて果たせなかった。夜、眠りにつくときには、二度と目覚めることがなければいいとすら思っていたが、そんなことになるはずもない。

髪は常に短く切り揃えられ、つばの広い帽子を被るように強要される。両親から日常的に受ける虐待で、身体じゅうに傷やあざの絶えることがなかった。

彼らは、アドリアンが大人しくしていても、自分の感情の赴くままに痛めつけてくるのだ。凍てつくような真冬の夜に、建物の外に追いやられることもあった。

あのままでいたら、きっといつか絶望の谷に転落していたことだろう。

そんなときに、マリーと出会ったのだ。

汚れのない透きとおった瞳でアドリアンを見つめ、綺麗な髪だと触れてくる。どこにでもついてくるし、少しでもアドリアンの姿が見えなくなると火がついたように泣き叫んだ。

最初は煩わしく面倒にも思った。しかしいつの間にか、その柔らかな重みがたとえようもない程大切なものに変わっていた。

片手でも持ち上げられるほどの小さな命が、アドリアンのすべてになっていた。

だがもしも、あの火事のときに起こった真実を知れば――。

そのときはマリーも自分のもとから去っていくのだろう。

それがわかっていても、繋いだ手を振りほどくことができない。アドリアンの心はすっかり深みにはまってしまっていた。

◆

客人の来訪が知らされたのは、翌朝のことであった。

あまりにも急な話に驚かされる。

マリーは寝不足でぼんやりしていたところをたたき起こされ、とにかく着替えて降りてくるようにと言われた。

「わたくしも、昨夜初めて旦那様から聞かされたんですよ。おかげでこのとおり、目の回るほどの忙しさです。大変申し訳ございませんが、お嬢様にも手伝っていただかなくては……！」

客間はいつでもチリひとつなく綺麗に整えられているが、食事の準備に手間取っているらしい。突然の話であったため、臨時のコックも雇えず、マリーも台所に駆り出されることになった。

とはいっても、慣れない手つきで鍋をかき混ぜるのも危ないとのことで、野菜の皮むきくらいしか仕事が回ってこない。しかし、残念ながらそれもあまり上手ではなかった。

「お父さまが館にお客様をお招きするなんて、珍しいことね。いったい、どんな方がいらっしゃるの？」

危ない手つきでナイフを動かしながら尋ねると、サラは肩をすくめて答える。

「国王軍時代のお知り合いと聞きましたが、お名前は……ああ、それどころではありません、そろそろチキンが焼き上がりますので確認しなければ」

とても詳しく尋ねられる状況ではないようだ。

養父が知り合いを招くとなれば、また国王陛下謁見の橋渡しを頼みたい相手だろうか。まさかあのバロワン伯爵ではないかという不安が頭をかすめたが、そうであったとしても、いまさらどうすることもできない。

震える指先でむいたジャガイモはとてもいびつな仕上がりになってしまった。

そんな風に慌ただしい時間を過ごしているうちに、客人を乗せた馬車が丘を越えて到着した。そこから降りてきたのは父娘らしいふたり連れである。

養父は庭先まで出ると晴れやかな笑顔で客人を出迎え、マリーに紹介してくれた。

「私の旧知の仲であるフレモン子爵と、ご息女のロクサーヌ嬢だよ」

胸元を強調したドレスに身を包んでいるその姿を見て、マリーはハッと息を呑んだ。

間違いない、この方は先日の舞踏会で兄と話をしていた女性だ。何故、あのときの彼女がこんなところまでやってくるのだろう。

「あら、こちらが噂の妹君かしら。どうぞ、よろしくね」

ロクサーヌ嬢はマリーへの挨拶もそこそこに、兄の方へと駆け寄って行った。

「アドリアン！　本日はお招きいただけて大変光栄だわ。わたくし、父から今日のお話を聞いて嬉しくって、昨日はなかなか寝付けなかったの」

「おお、ふたりともすでに顔見知りであったか。そうであれば話は早い」

ロクサーヌ嬢の反応に、養父はとても嬉しそうな顔になる。

「ささ、こんなところで立ち話も良くない。マリー、子爵をテーブルにご案内しておくれ」

「あのっ、お父さま――」

公の場では「エミリー」で通しているはずなのに……。

当然のように本当の名前で呼ばれて戸惑ったが、父はそれにはまったく構わない様子で嬉しそうに微笑んでいる。

「心配には及ばないよ、マリー。こちらのフレモン子爵は、すでに私たちの計画をご存じだ。それどころか、いろいろ助けていただいているんだよ」

「いやいや、こちらとしては当然のことをしているまでですよ。こちらがマリー嬢ですか、なるほどソフィ様に生き写しではありませんか。聞きましたよ、王宮舞踏会での話を。確かにこれでは、当日の出席者が動揺するのも無理はありません」

恰幅の良い子爵は、やせ細った養父と並ぶと堂々とした風格がある。肌つやも良く、かなりの財力があるように思われた。

「本日はお招きありがとうございます。娘はこちらのご子息に夢中ですからね、あのとおり大喜びですよ」

見ると、彼女は胸を押しつけんばかりにぴったりとアドリアンに寄り添っている。

「明るくてたいそう魅力的なお嬢さんだ。これなら、あの堅物な息子も心を動かされるに違いない」

「お褒めにあずかり光栄です。男ばかりが続いたあとに生まれたこともあって少し甘やかしすぎましたが、気だてが良くて優しい娘なんですよ」

「お嬢さんのおかげで屋敷の中が一気に華やぎました。なにもありませんが、本日はゆっくりしていってください」

マリーは養父たちが嬉しそうに話すその内容が摑みきれずに、呆然とその場に立ちつくしていた。


ロクサーヌ嬢は、食事のテーブルでも当然のようにアドリアンの隣に座り、あれこれと話しかけていた。

兄の方はときどき返事をする程度であったが、まんざらでもない様子に見える。

「ふたりは本当に気が合うようだな、誠に良縁だ」

養父と子爵もその様子を見て、大変喜んでいる様子だった。

マリーも会話に加わろうとしたが、そのたびにロクサーヌ嬢が面白くなさそうな表情になった。はじめは気のせいかと考えたが、二度三度と同じ態度を取られれば、次第に勇気が出なくなる。

ロクサーヌ様は、わたしのことがお嫌いなのかしら……？

自分がなにか悪いことをしたのかと、マリーはひとりで落ち込んでしまった。

食事のあとは養父の勧めで、アドリアンとロクサーヌ嬢のふたりは庭を散策することになった。父親たちは立ち入った話があるからと客間に引っ込んでしまう。

ひとり取り残されてしまったマリーは、自分の席に力なく座り込んでいた。

テーブルを片付けていたサラが、吐き出すように言う。

「わたくしは、あんな下品なドレスは嫌いですよ。あんなに胸元が広く開いていては、まるで娼婦のようではないですか。お嬢様にはあのようなドレスを絶対に着て欲しくはありませんね」

「そう……かしら？」

「旦那様もなにを考えていらっしゃるんでしょう。あのような方、アドリアン様にはふさわしくありません」

その言葉を聞いて、やっぱりそうなのかと思う。

養父は、兄にロクサーヌ嬢を娶らせるつもりに違いない。子爵との会話の端々に、そのような雰囲気が漂っていた。

「でも……お兄さまもロクサーヌ様を気に入っていらっしゃるみたい」

テーブルの支度が整ったと呼びに行ったとき、中庭で仲むつまじくしているふたりを見かけてしまった。

ロクサーヌ嬢は兄にしなだれかかり、耳元でなにか囁いている。兄も兄で彼女の行為に嫌がるどころか、肩に手を回して抱き寄せていた。

お兄さまは、このままロクサーヌ様と……。そんなのは嫌、わたしがお兄さまの一番近くにいたいのに。

兄が他の誰かと結婚してしまうことには覚悟を決めていたはずなのに、目の前にその現実が突きつけられると心が穏やかではいられなくなる。

馬車の中で兄から教えられた男女の秘めごと、それを兄が他の女性とするなんて想像もしたくなかった。

しかしその一方で、マリーはフォーレ公爵の追及から兄を守りたいと思っていた。そのためには、マリーが王女となり、自らが兄の後ろ盾となってその潔白を証明するのが一番だという考えに至っていた。だからこの思いも封印するしかない。

ああ……心がふたつに割れてしまいそう。

自分の幸せと兄の幸せ。そのふたつを一度に叶える方法がないことが、悲しくて仕方なかった。

第五章

深い森を越えると、フォーレ公爵の治める領地に入る。

突然、目の前がパッと開け、マリーはなだらかにどこまでも広がる耕地に目を奪われていた。

「お兄さま、すごい！　麦の穂があんなに重そうに垂れているわ。この畑一枚で、どれくらいの小麦が収穫できるのかしら」

見慣れたセリュジエ領の風景とはなにもかもが違っていた。

昼過ぎに男爵の館を出発して、すでに三時間以上馬車に揺られている。

さすがに多少の疲れを感じ始めていたが、それも瞬時に吹き飛ぶくらい夢のように美しい景色だった。

忙しく農地の手入れをしている領民たちの表情はとても明るい。外で駆け回る子供たちの人数も多く、賑やかなはしゃぎ声が響いてくる。マリーたちの乗る馬車を見つけ、手を振ってくれる子もいた。

途中に通り過ぎる村人たちの屋敷も、そのひとつひとつがとても大きく立派である。住民たちの身につけている衣服も着心地の良さそうなしっかりしたものだった。

桃や杏などの樹木は今がまさに花盛りで、早くも初夏の実りを期待するように見事に咲き誇っている。そのかぐわしい林のそばを通り抜けるとき、マリーはときめきを抑えきれず、大きく息を吸った。

彼女の頬は、いつしかバラ色に紅潮している。

そんな彼女の晴れやかな表情を見て、アドリアンの表情も和らぐ。

「このあたりは国内でも特に豊潤な土壌だからな。しかも一年を通して天候も安定していて、雨量もたっぷりある」

そう言うと、アドリアンは遠くに光って見える場所を指さした。

「ごらん、領地の真ん中を太い河が流れているだろう。これならば、日照り続きで大地が干上がる心配もない。水路もしっかり整備されている」

「ずるいわ、同じ国の中なのに場所によってこんなに違いがあるなんて」

マリーは、以前アドリアンと遠乗りに出かけたときに見た、セリュジエ領の風景を思い起こしていた。

固く乾いて鍬を入れるのにも苦労するような痩せた土地。それでも領民たちは自分たちの土地をせっせと耕し、種を蒔く。しかしそのあとの水やりがまた一苦労だ。

　セリュジエ領では共同の井戸の数はまだまだ少なく、しかも日照りが続くとすぐに干上がってしまう。ようやく育ち始めた作物が立ち枯れている様子を遠くから眺めるのも、マリーにとってそう珍しいことではなかった。

　それならば雨降りが長く続けばいいかと言えば、そういうわけにはいかない。適当な時期に十分に日の光を浴びなかった作物はひ弱で、どうしても病気にかかりやすくなるのだ。

「お前がむくれたところで、どうなることでもないだろう」

「でも、不公平だと思うわ」

　頬を膨らませて不平を言うマリーを、アドリアンは優しい眼差しで見つめている。

　今日の彼は、舞踏会に参加したときとは違い、騎士団の正装をしていた。

　光沢のある純白の地に紺の縁取りが贅沢に施された上着は、部隊長以上の階級の者のみに着用を許される特別のものである。礼服をまとったときの上品な兄の姿は改めて確認するまでもなく美しいが、逞しく鍛え上げられた体躯が強調されるこの装いもまたマリーの大のお気に入りだった。

　一方のマリーは蜜柑色の愛らしいドレスをまとっている。レースをふんだんに使い、向こうが透けるほど薄い布でたくさんのひだを寄せられていた。

「だけどお兄様……、フォーレ公爵のお屋敷なんて……やっぱり、なんだか怖いわ」

「別に取って食われるわけじゃないから心配するな。公爵であっても、公の場でお前に手出しはできまい」

「でも……」

こうしてフォーレ領を訪れたのには理由がある。

フレモン子爵とロクサーヌ嬢が館を訪れた翌日、あのジェルマンからマリー宛に手紙が届いたのだ。

開けてみるとそれは、フォーレ公爵の館で開かれる晩餐《ばんさん》会への招待状だった。

国王軍の総司令官であるジェルマンの父、フォーレ公爵が開く内輪の会で、軍人たちが多く出席すると記されている。もちろん、アドリアンも招待客のひとりとして名を連ねていたが、今回は私用を理由に欠席するつもりでいたらしい。

宿敵ともいえる公爵家からの誘いに養父はかなり渋っていたが、ジェルマンに取り入り内情を知る良い機会になると考え直したらしい。途中からは、かなり強引にマリーたちに参加を促してきた。

マリーは気が進まなかったが、養父の勧めとあれば仕方ない。アドリアンも渋々ながら従うことにしたようだった。

フォーレ領は王都を越えてさらに北に向かった場所に位置する。早めに退座しても館に戻れるのは、下手をしたら明け方近くになるかもしれないと言われていた。

馬車は小川に架《か》かった橋や花々の咲き乱れる丘を軽やかに越えていく。

広い牧場には青々とした牧草が生えそろい、家畜たちが思い思いにくつろいでいた。

やがて、丘の上にとんがり屋根の館が現れる。その可愛らしい外観は、マリーの思い描いていたフォーレ公爵のイメージとはあまりにもかけ離れたものだった。

クリーム色に塗られた壁、屋根はピンク色。青葉の茂る森を従え、まるで絵本の中の一場面のようだ。

「公爵夫人のご希望で数年前に塗り替えられたという話だ」

マリーの表情を見て取ったのか、アドリアンが説明してくれる。

「館というものはそこに住む人間の内面が表れる。こうして各領地を回るのも決して無駄ではない」

「そうね……」

春の花々で溢れる庭も、小川が流れ、噴水があり、まるで迷路にでも入り込んでしまったようで見飽きない。

馬車を降りて石畳の道を歩きながら、マリーは目に映るものすべてに心を奪われていた。

しばらく進むと、館の中央にある石階段から、水色の衣装を身につけた青年が軽やかな足取りで下りてくる。アドリアンがマリーの耳元に囁いた。

「――早速お出ましだ」

満面の笑みを浮かべてふたりの前に駆け寄ってきたのは、フォーレ公爵の子息ジェルマンである。

「ようこそ、我が館へ！　エミリー、アドリアン、今日は来てくれて本当にありがとう！」

彼はさっとマリーの前に跪くと、マリーの右手を恭しく取って、その甲に口づけた。

「こ、こちらこそ、お招きいただきありがとうございます」

マリーの言葉にジェルマンはさらに甘く微笑むと、すぐそばのバラを手折って差し出してくる。

「えっ、その……」

「今日の記念に、受け取ってください」

一人前のレディのような出迎えをされ、心底戸惑ってしまう。

「さあ、ふたりともこちらへどうぞ。早くしないと父上がやってきて、アドリアンを横取りされてしまいます。その前に、あなた方に母を紹介しますね」

そう言って、彼は肩をすくめる。

「まったく、父上にはいつもうんざりしているんです。口を開けばアドリアンの話ばかり、せっかく僕が戻ってきたというのに、そんなことはまったくお構いなしですから」

なんだかおかしい。自分の聞いている話とずいぶん違う。

マリーは戸惑いの眼で兄を見上げた。

しかし、彼の表情は変わらない。今、余計なことは口にするべきではないと言いたいのだろうか。

フォーレ公爵夫人は、広間の奥で忙しく使用人たちの指揮をしていた。周囲を広く見渡し、その隅々にまで心を行き届かせようとする凛とした後ろ姿。さすがは大臣家の女主人というところだろうか。

深い海の色をしたドレスも、ほっそりした身体にとてもよく似合っている。

「母上、こちらにいらっしゃいましたか……！」

息子の声に振り向いた彼女は、想像していたよりもずっと可愛らしく、まるで少女のような顔立ちをしていた。ジェルマンと並ぶと姉と弟のようにも見えてしまう。

いつかジェルマンが自分は母親に似ていると説明してくれたが、本当にそのとおりだった。

「まあっ、アドリアン！　お久しぶりね」

彼女は息子と同じ飴色の豊かな髪を膨らませて形良く結い上げ、ドレスと共布のリボンを結んでいた。

「こちらまでいらっしゃるのは、本当に久しぶりじゃないの？　しばらく会わない間に、さらに逞しくなったみたい。先だっての遠征でもたいそうな活躍だったそうね、主人が自分のことのように自慢していたわ」

「恐れ入ります、公爵夫人」

「堅苦しい挨拶など抜きにして、今夜は存分に楽しんでちょうだい。あなたはアプリコットのパイは好きかしら？　わたくしの自信作なのよ」

続いて彼女はマリーの方へと向き直る。

「こちらが、噂の妹君？　はじめまして、ジェルマンの母です。あなたのことは息子からたくさん聞かされているのよ」

「……はじめまして、エミリーです。本日はお招きいただき、ありがとうございます」

まっすぐ目を合わせたとき、夫人の瞳が大きく揺れたような気がした。

それと同時に、マリーの心も大きく揺らぐ。この人に嘘の名前を告げることが、なぜだかとても後ろめたく感じられたのだ。

しかし、それも一瞬のこと。夫人は元どおり、大輪のバラのように優雅に微笑む。

「ほほ、可愛らしいこと。今度、わたくしが主催するサロンにもいらしてね。あちらでなら人数も少なくて、ゆっくりお話ができると思うから。約束よ、エミリー」

短いやりとりではあったが、マリーはとても混乱していた。それはジェルマンが大臣の息子だと聞かされたときの戸惑いにも似ている気がする。

彼らはマリーの目には「いい人」にしか見えない。自分たちのことを心から歓迎してくれているように見える。しかし養父の言葉が真実であるなら、そうであるわけはないのだ。自分の心は頼りにならない、そうだとしたらこの先はなにを信じたらいいのだろうか。

「大丈夫か、マリー。疲れたのなら、あちらの椅子で少し休みなさい」

兄が自分にだけ聞こえる声で囁いてくれる。

「平気よ、お兄さま。ちょっと人に酔っただけ」

兄に心配をかけるわけにはいかないと、マリーは気丈に微笑んだ。

広間には国王軍の白い制服を身につけた男性が多く目につく。縁取りの色が階級で違っているため、一目瞭然だ。基本的に縁取りの色味が濃いほど地位が高くなるらしい。アドリアンと同じ濃紺の縁取りのある制服を着ているのは、館に残してきた養父と同年代以上の者ばかりだった。

軍人の間でもアドリアンはかなり顔を知られているらしく、会う人ごとに声をかけられている。養父の言葉どおり、国王軍での兄の活躍は抜きんでているらしい。

そのたびにマリーも「妹のエミリー」として紹介され、次第に場の雰囲気にも馴染んできた。

そしてしばらくすると、館の入り口がなにやら騒がしくなった。ひとりの恰幅のいい紳士が石階段をゆっくり上がってくる。皆の視線もその姿に吸い寄せられていた。彼がそこに立っているだけで、あたりがパッと明るくなった気がする。

白地に濃紫の縁取りの軍服は、最高位を示すもの。

「やあやあ、すまないね。王宮での会議が長引いて、すっかり遅くなってしまった」

彼は両腕を大きく広げてそう告げると、側に寄ってくる者たちと笑顔で声をかけ合っていた。

アドリアンがマリーに耳打ちする。

「あの方が、フォーレ公爵だ」

「えっ」

思わず小声で叫んでしまった。

とても信じられない。あの方が、セリュジエ男爵家を窮地に追い込んだ方なの……!?

マリーが想像していたフォーレ伯爵は、厳しくて冷たい氷のような紳士だった。しかし、目の前にいるのはまったく正反対の朗らかな人物だ。悪人ならば、それっぽい姿をしていてくれなければ判断に困る。

公爵はすぐにアドリアンの姿を見つけ、まっすぐこちらへとやってくる。その表情は親愛に満ちたものであった。

マリーの困惑はいっそう強いものになっていた。

「やあアドリアン、よく来てくれたね！　先だっての遠征では大変世話になった。君のような有能な部下を持って、私は幸せだよ」

金茶の髪には多少白いものが混ざっていたが、量が多くてとても艶やかである。血色も良く、生気に満ちた肌をしていた。

「君とはゆっくり話がしたいと思っていたんだが、なかなか機会に恵まれなくてね。これ以上会えないようだったら、息子のジェルマンに伝言を頼もうかと思っていたんだ。あいつは最近、急に舞踏会に興味を持ち始めてね。今までいくら勧めても気の進まない顔をしていたのが嘘のようだよ」

なんて快活な方なのだろう、しかも人を惹きつける魅力がある。声も大きく伸びやかで、とても聞き取りやすい。

公爵は続いてマリーに視線を向けた。

「おお、こちらが噂の妹君か。なるほど美しい。息子が夢中になってしまうのも無理はないな」

どんな反応をしていいのかもわからず、マリーは困り果ててしまった。すると、公爵は急に声を潜めてアドリアンに囁く。

「だが……君たちが舞踏会に参加している目的は別にあるようだね」

「……」

「噂はもう陛下のお耳にも届いている。近いうちに是非一度会いたいとのお言葉だ」

囁きが漏れ聞こえたマリーは、思わず兄の顔を振り仰いだ。

まさかフォーレ公爵の方から話を切り出されるとは思いもしなかった。

「直接、お父上のもとに書状を送ることも考えたが、人目につく方法は極力避けた方が賢明かと思ってね。私が君たちに口頭で伝えることにしたんだよ」

「しかし、公爵。エミリーは――」

アドリアンが口を開きかけたところで、公爵がそれを遮った。

「私の息子はたいそうな地獄耳でね。君が妹君を別の名前で呼んでいるのを王宮舞踏会ではっきり聞いたそうなんだ。このままシラを切り続けることは、君たちのためにもならないよ」

「それは……」

「詳しいことは追って連絡する。なに、非公式なことだから堅苦しい準備などは必要ないよ」

そこに夫人と息子のジェルマンがやってきて、テーブルの準備が整ったと告げる。

「父上！　もうアドリアンを捕まえていたんですか。本当に油断も隙もありません。他の客人を放って、困った人ですね」

「お前が夢中になっているという、妹君を紹介してもらっていたんだよ」

「その話は内緒にしていてくださいとお願いしたでしょう、余計なことは言わないでください」

親子三人が談笑している様子は、まさに絵に描いたような幸せな家族だった。

「さあふたりとも、ディナーの準備が整ったそうだ。テーブルに移動しよう」

公爵はマリーたちを促すと、先に立って歩き出す。

しかし、少し進んだところでこちらを振り返った。

「ところでアドリアン、君の探し物は見つかったかい？」

「……なんのことです？」

兄が声を潜めて聞き返すと、公爵は目を少し細めるとさらに続けた。

「悪用されては君も困ることになるだろうからね、なるべく早く見つけることだ」

いったい、なんの話をしているのだろう……？　そういえば、ジェルマンも以前似たようなことを言っていた。

不思議に思って兄の顔を見上げたが、口元を固く閉じたまま難しい顔をしていた。

探し物？　見つけないと兄が困ることになるということは、もしかしたら、あの山火事に関係するものなのだろうか。

そうなるとやはり、公爵は兄を疑っているに違いない。しかもこんなにあからさまに尋ねてくるなんて……。

それならば、国王陛下との謁見も、実は兄を陥れるための罠……？

マリーはドレスをぎゅっと握りしめた。

明るく賑やかな晩餐会の会場で、自分の周りだけが真っ暗になったような気がした。

傍らで押し黙ったままのアドリアンがなにを考えているのかもひどく気にかかる。

マリーはこれから自分がどのように動けばいいのかわからなくなっていた。


公爵の話術に招待客はすっかり和み、晩餐会は時間を忘れるほどに盛り上がった。なかなか退座するきっかけも摑めず、気づけばかなり長居してしまっていた。

ようやく帰途についた馬車は、月明かりの街道を南へ走り続けていた。

窓から見える風景も今は闇に包まれ、ひっそりと寝静まっている。

「今夜は月があって道も明るいが、昼間行くよりも時間がかかる。疲れただろう、ゆっくり休んでいなさい」

そう言って髪を撫でてくれた手のひらが、心なしか他人行儀に感じられる。

「お兄さま……あの」

「どうした？」

兄はなにかを深く考え込んでいる様子だ。

こちらから話しかけないと、なかなか口を開いてくれない。そのもどかしさが、マリーの心を強く揺らした。蜜柑色のドレスは飴色の室内灯で、艶色を増している。

「国王陛下への謁見のお話は、お受けするべきなのかしら。王女と認められる近道だとは思うのだけれど……」

自分を見つめるエメラルドの瞳が大きく揺れる。兄はとても当惑している様子だった。

「お前は……」

兄は何かを言いかけて、しかし口をつぐんだ。

「……本来ならば喜ぶべき話だが、ここはやはり慎重に考える必要がある」

彼はマリーの真意を探るような瞳で見つめてくる。

「残念ながら、お前には王女の証となるものがなにもない。もしも偽物だと決めつけられてしまえば、そこでおしまいなのだから」

「王女の証……」

「そうだ、王が王女に渡したなにかが、元王妃の失踪と同時に王宮から持ち出されたようなのだが、焼け出されたときにお前は所持していなかった。どこにやったのか、思い出せてはいないのだろう？」

マリーは力なく頷くしかなかった。

「だから私としては、今回の話は見送った方がいいのではないかと考えている」

「えっ……」

「お前を無用な危険に晒すことはできない。父上がなんと言おうと、どうにか回避しよう」

兄の提案にマリーは驚いた。

もともと兄は社交界入りに対しても慎重だったのだから当然ともいえる発言だが、マリーを王と対面させるためにあんなに熱心に動いてくれていたのだ。このせっかくの好機をみすみす棒に振ってもいいものだろうか。

「でもお兄さま、私たちの目的は国王陛下に謁見することだったはずよ？」

マリーにとっては兄の嫌疑を晴らしたいという気持ちが今は一番大きかった。そのためにはフォーレ公爵よりも誰よりも、自分が国王陛下に近い場所にいかなくては駄目だ。

やはり、王女として公に認められることが一番の近道だと思う。

兄を大切に思う気持ちは誰にも負けない。彼を守るためだったら、なんだってできるはずだ。

「……父上の意向を優先するのか？」

しかし、兄はマリーの本当の気持ちをわかってはくれない。

「違うわ、そうじゃない。わたしはただ……」

その先のことはどうしても口にすることができなかった。兄に降りかかる火の粉をすべて払いのけたい。そのためには自分はそれができる場所に行くしかないのだ。

山火事の犯人となれば、そのまま王妃殺しの罪も被ることになる。そうなれば死罪は免《まぬが》れないだろう。兄がこの世からいなくなるなんて、絶対に嫌だ。

現時点でフォーレ公爵がどこまでの事実を摑んでいるかはわからない。兄が窮地に追い込まれる前に、マリーは揺るぎない立場を手に入れる必要があるのだ。

「私はお前を守ると言ったはずだ、どうして信じられない」

アドリアンは厳しい声でそう言うと、マリーの腕を摑んで自分の方へと引き寄せた。その瞳には、いつにない激しい怒りの色が浮かんでいる。

「お兄さま、駄目っ……！」

頼りない抵抗など、兄の力強い腕の前にはなんの威力もなかった。マリーはあっという間に座席に仰向けにされてしまう。

「お前は、父上ではなく私の言葉に従うと約束したはずだ」

「でっ、でも、そんなことしたらまた、お兄さまが……」

養父は兄のなんらかの弱みを握っている。それは山火事に関わることかもしれないのだ。怒り任せにそれを暴露されたら、兄はどうなってしまうのだろう。

「父上など恐るるに足らない。私はあの男に忠義など尽くさない、私が守りたいのはお前だけだ。どうしてわからないのだ、マリー！」

アドリアンはマリーの唇を自分のそれで塞ぎ、舌先で口内をくまなく味わう。その一方で胸のリボンを解き、あっという間に胸元を露わにしてしまった。

「今夜はいつもより時間がある。たっぷりとお前の身体に覚え込ませてやる」

「おっ、お兄さま……！」

兄はマリーの胸を両手で鷲摑みにすると、いつもよりも乱暴に揉みしだいた。それにもかかわらず、マリーの素肌はうっすらと上気し花色に染まっていく。

「あっ、……あぁっ……」

兄の表情にいつにない追い詰められたものを感じる。まるでなにかに急き立てられたように、性急にマリーの身体を貪っていく。

「お前はすぐに私との約束を破るな。そんなにお仕置きをされたいのか？　どこまでも淫乱な娘だ」

「お兄さま……」

いつでも憧れの存在であった兄が、このときだけは人が変わったように意地悪になる。しかし、どんな言葉を投げかけられようとも、今この瞬間に一番近くにいられることが嬉しかった。私がお兄さまにしか触れさせないように、お兄さまも私以外の人には触れないで欲しい。でもそんな約束、できっこない……。

本当はいつまでもこうしてふたりきりの時間を過ごしていたい。でも自分の幸せのためだけに生きるわけにはいかないのだ。

誰よりも大切な兄を守るため、そのために彼の腕を振りほどかなくてはならない。

「そんな風に、泣き出しそうな顔をするんじゃない。もっとひどく虐めたくなってしまうだろう？」

アドリアンは一度起き上がると、マリーの下半身に絡みついていたドレスを力任せに剝ぎ取った。

「……あ……」

心許ない姿を晒されてしまい、マリーは慌てて大切な部分を隠そうとする。

「手をどけなさい、マリー」

「でっ、でも、お兄さま。これでは、すべてが見えてしまいます」

「なにか問題でもあるのか？」

彼は続いて自分の服も脱ぎ出す。逞しい胸板が鼻先に突きつけられ、マリーは言葉を失い、思わずごくりと喉を鳴らした。

「物欲しそうな顔だ、お前は本当にわかりやすい」

「そんな……」

鼻先に、そして唇にキスが落ちてくる。

胸を合わせてしっかりと抱き合えば、ここが狭い馬車の中であることも忘れそうになった。

アドリアンは大きく揺れる丸い膨らみを両手で包み込むと、そのままマリーの下半身に顔を寄せる。

「脚を大きく開きなさい。どんな風になっているか、じっくり確認してやろう」

「……それだけは、やめてっ……！」

抵抗むなしく無理矢理顔をうずめられる。

固く閉じたその部分が、信じられないほどに濡れそぼっている。溢れた雫がお尻を伝って、座席を濡らしているのではないか。その場所を兄に暴かれてしまうなんて、どうしても我慢できない。

「そうか、このままやめてしまってもいいんだな？」

「えっ……」

マリーは身体をくの字によじったまま、兄を見上げた。

いきなり突き放されて、急に心細い気持ちになってしまう。

恥ずかしくて心許なくて、自分から脚を開くなんて絶対に無理だと思った。でも、だからといってこのまま終わってしまうのは耐えられない。

恐ろしくても、その深みに分け入って行きたいと思ってしまう。身体が求めるものには、従うしかない。マリーはとうとう覚悟を決めた。

「わかったわ、お兄さま。……これで、……いい？」

きっちりと閉じていた膝頭をそろそろと開くと、その部分にふっと息がかかる。

「いや、まだよく見えない。もう少し大きく開かないと」

「えっ、……でもっ」

濡れた場所が冷気に晒され、背中がぞくぞくする。

「マリー、きちんと言いつけを守らないと駄目だ」

「お兄さま……」

胸の頂を指の腹でぐいぐいと押される。

「あぁっ……」

そこから生まれる不思議な心地に導かれ、さらに大きく脚を開いていた。羞恥心に覆われた膝が大きく震えている。

「こんなにびしょびしょになっていては、気持ち悪いだろう？」

「嫌っ、……言わないで……」

「暴れるんじゃない、すぐに綺麗にしてあげよう」

そう言われるそばから、新しい雫がとろとろと流れ出ている。わざわざその部分を確認しなくても、マリーにははっきりわかっていた。

アドリアンの頭が開いた脚の間から見え隠れしている。前回は膨らんだドレスに隠れていた部分が、今夜は丸見えになっていた。

「……ひっ、……ひぃんっ……！」

秘部に唇をあてられ、じゅっと音を立てて雫を吸われる。初めての感覚に胸が震えた。

「旨い酒だ、一気に酔いが回ってしまう」

わざと舌なめずりをしてみせるその表情が妖艶すぎる。マリーは恥ずかしさのあまりに身体をよじったが、それと同時にさらに溢れ出てくるものを感じていた。

「いっ、……いやぁっ……」

「脚を閉じては駄目だ。面倒だな、こうして抱えてしまおうか」

彼は左右の太ももを両腕で抱え込むと、内側に垂れた雫を舌先で舐め取った。そしてそのまま、脚の付け根に唇を寄せる。

ゆっくり舐め取られると、その場所からじわじわと熱いものが広がっていく。

「お願いっ、お兄さま。舌はやめて……おかしくなっちゃうの……」

マリーが身体をよじりながら訴えても、アドリアンは応じない。

「行き着くところまで行ってしまえばいい」

「……あぁっ、いや……っ！」

続いて、指がずぶりと差し込まれる。

新しい快感に、マリーの内壁はヒクヒクと痙攣し、艶めかしく動くものを奥へ奥へと導こうとする。下腹に無意識に力がこもるのが、自分でもよくわかった。

「あっ、お兄さま……いいっ、いいの……どうしたらいいの、気持ち、よすぎて……っ！」

アドリアンの指を包む柔らかい場所が、きゅっと収縮してさらに奥へと導こうとする。自分の胎内がみるみるうちに欲情の色に変わっていくことに、マリーは戸惑いを隠せなかった。

兄の指を受け入れて、自分は悦んでいる。そのことはもう、隠しようがなかった。

いつの間にか溢れ出た涙が頬を伝っていく。しかしそれは、決して悲しみの感情に突き動かされたものではなかった。

「そのままどんどん感じていればいい。もっと声を出せ、俺が欲しいと言え。きちんと言葉にして示さなければ、なにも伝わらないぞ」

中をかき混ぜる指が存在感を増す。本数が増えているのだろうか。それに動きもどんどん速くなる。泡立った雫がとろとろと流れ出てきた。

「お兄さまっ、……ああっ、お兄さま……っ！」

マリーは泣きながら腰を振り、アドリアンの愛撫に応える。自分が今、どんな反応をしているかもすでに判断がつかなくなっていた。

「あうっ、……そこは……」

割れ目から探り出した蕾が甘噛みされる。戻ってきた狂おしい快感に、マリーはさらに大きく腰を振った。

「……あっ……んんっ！　お兄さまっ、……あんっ、あふっ、……いやっ！」

ピンク色に染まった裸体が、びくんびくんと反応する。

それでもアドリアンは責め立てる指の動きを緩めることはなかった。内壁を指の腹で執拗にさすられ、そのたびに新しい愛液が溢れ出てくる。

「おにっ、お兄さま……っ！　あぁっ、あんっ、……ふわっ、ひゃあんっ……やあっ！」

絶頂を何度も何度も迎え、マリーは見境なく叫び続ける。身体が内側から弾け、自分ではどうにも制御ができない。

一気に高い場所まで突き上げられたと思ったら、強引に呼び戻される。その繰り返しに、頭がクラクラしてなにも考えられなくなっていた。

「マリー、まだだ。もっともっと、深いところまで連れて行ってやる」

「もっ、もう駄目っ！　これ以上は……壊れちゃう……！」

マリーは涙を流しながら懇願するが、それでもアドリアンの執拗な責めは終わらない。何度も突き上げられ、引き戻され、声も限りに叫ぶ。

「あっ、ああっ！　お兄さま……っ！」

自分の中を突き上げたもので頭の中が真っ白になり、マリーはすべての意識を手放していた。

長い階段をのぼりきったところで、足を止める。

それは白い光に満ちた場所だった。

初めて訪れるような、とても懐かしいような、不思議な心地になる。

身体がふわふわして、綿のように軽い。

鏡に映したように自分にそっくりな女性が、目の前でにっこりと微笑んだ。

『約束よ、マリー』

すみれ色の瞳が、何故か悲しげに揺れている。

『お母さまにもしものことがあったときには、ここに隠してあるペンダントのことを思い出しなさい。そして、あなたが心から信頼できる人、自分と運命を共にしてくれる人と巡り会えたら、その人にこれを預けなさい』

『……お母さま？』

光が眩しすぎて、その姿がだんだん曖昧になっていく。

慌てて手を伸ばし呼び止めようとしたが、間に合わなかった。

すべてが白くなる、なにもなくなる。

『これは、あなたを――から守ってくれるものよ……』

風に乗って、最後の言葉が耳に届く。

でもそれはあまりに淡くかすれていて、最後まで聞き取れなかった。


「マリー、そろそろ起きなさい」

優しく揺り起こされるのと同時に、身体を揺らす馬車の振動も戻ってきた。

「う……ん」

不思議な夢の感覚が、身体に残ってしまっている。それを、どう勘違いしたのか、兄が低く笑った。

「満ち足りた顔をしているな、そんなに良かったか」

「……え？」

すぐにはなんのことを言われているかわからず聞き返してしまい、そのあとでハッとして頬を染める。いつの間にか、元どおりにドレスを着せられていた。兄がすべてをしてくれたに違いない。

「そ、それは……」

兄の腕の中で激しく乱れてしまった自分を思い出して、急に恥ずかしくなる。そんなマリーに対し、アドリアンはなにかを深く抱えるような眼差しを向けてきた。

「まずは、父上に報告だ。どんな反応をするかは、おおかた予想がつくが」

無造作に投げ出された手のひら。長い指が目に入って、なんとも落ち着かない気持ちになる。

あの指が……わたしの中に入っていたなんて。そして、我が物顔に暴れて執拗にこすり上げて――。

ふたたび走り出してしまった胸の高鳴りを気づかれたくなくて、マリーは夜明け前の窓の外に視線を動かした。

◆

「おお、まさかフォーレ公爵の方から提案されるとは。私はまた、向こうは知らぬ存ぜぬで通すつもりかと思っていたよ」

予想どおり、養父はその報告を聞いてとても喜んだ。

事前に承知していたこととはいえ戸惑いを隠せず、マリーはアドリアンの顔を見上げる。彼は黙っていなさいというように見つめ返してきた。

「きっとすぐに、国王陛下への謁見を許可する書状が王宮より届けられるだろう。そのときになって慌てないよう、今から準備をしておかなくてはならないな。きっと私の王宮入りも許されるはずだ。急ぎ、新しい礼服を仕立てなければ……！」

養父は背筋をピンと張ると続けた。

「マリーには特別に上等のドレスを誂《あつら》えよう。そうそう、ソフィが昔、舞踏会で王太子と踊ったときのものがあった。王太子ご本人から装いをとても褒められたと言っていたから、あれがいいだろう。きっとよい印象を与えるはずだ」

「しかし父上、これはなにかの罠かもしれません」

アドリアンは厳しい口調で反論した。

「私はこのたびの誘いに乗るのは反対です。あまりに性急ではありませんか。まだ王女の証も見つかってはいません。そのような状態でルナン王の前に立っても、偽物だと追い返されてしまうのがオチです」

「いやいや、それは考え過ぎというものだよ」

養父は息子の必死の説得を、まったく受け入れようとはしなかった。

「アドリアン、お前はなにかにつけ慎重すぎる。準備を万端にしてから物事に臨む姿勢は大変素晴らしいが、そのせいで機を逃してはなんにもならない。今回のこともそうだ。いつ何時、ルナン王やフォーレ公爵の考えが変わるかもしれない。これはまたとないチャンスなのだよ、わかったな？」

「父上——」

「善は急げと言うではないか。もうこれ以上、お前の戯れ言を聞く気になどなれないぞ。アドリアン、いったいなにを懸念している。マリーをこの館に引き取ったときから、私たちはこの日が来ることを、ただひたすらに待ち望んでいたのではないか。せっかくの勝機に異論を唱えることなど許されないぞ」

養父はそう言うと、怯える目をして事態を見守っていたマリーを満面の笑みで見つめた。

「なにも心配することはないのだよ、マリー。お前が王女として正式に認められれば、そのときは私も後見人として一緒に王宮に上がることに決めているのだからね」

その瞬間、あたりは水を打ったような静寂に包まれた。

「えっ……？」

いきなりの言葉に、マリーは目を見張った。

「いやいや、なにを驚いている。そんなことは当然だろう」

養父はマリーがなにを戸惑っているのか、そのことがまったく理解できないらしい。

「これからも私がマリーをしっかり支えるのだからな。私は今までずっと、お前の父親代わりだった。いくらマリーが王女として認められたからといって、私たちの絆が断たれるはずもない。国王陛下の体調も未だ万全とは言えないのだ、マリーを守るのは私の役目と決まっているだろう」

そう言ってから、彼は悔しそうに溜息を吐く。

「ソフィのときも私は当然そうするつもりであった。しかしあの公爵が裏で手を回し、申し出が却下されてしまったのだ。もしも願いどおりになっていれば、あのような不幸な出来事は回避できただろうに……当時公爵から言われたのは、私がいなくなって領地は誰が管理するのだということだった。それならば、今回は大丈夫ではないか。我が息子、アドリアンがこの地に腰を落ちつけ守ればいい」

養父は嬉しくてたまらないというように、身体を揺すって笑い出す。

「ふふふ、実に愉快ではないか。王女の後見役となれば、私に楯突く者など誰もいないはずだ。いや、むしろ国じゅうの誰もが私にひれ伏すだろう。ああ、それはどれだけ胸のすく思いがするだろうか……！」

「……お父さま？」

「そうと決まれば、すぐにでもフレモン子爵に使いを送ろう。アドリアンとロクサーヌ嬢との婚儀の日取りを急ぎ決めなければ。これからは、本当に忙しくなるな……！」

養父が喜びを隠しきれない足取りで部屋を出て行ってしまっても、マリーは呆然としたまま動けなかった。

お父さまが後見人？

お兄さまとロクサーヌ嬢が結婚する……？

まるで悪い夢でも見ているような気がする。

確かに、国王とマリーの謁見は養父の最大の願いであった。でも、それが彼自身の王宮入りを実現するためのものであったとは。

マリーを実の父親に会わせてやりたい、国王陛下を元気づけて差し上げたい……それらの言葉はすべて偽りであったのか。

養父の野望が明らかになってしまった今、もう過去に聞いた言葉はなにも信じられなくなっていた。

呆然と椅子に座ったままのマリーに、アドリアンがいたわるように声をかけてくる。

「……そんなに思い詰めた顔をするな」

「お兄さま、お父さまはいったい……」

王宮に上がってしまえば、兄と会う機会も少なくなると悲しく思っていた。

しかし、それだけではなかったのだ。兄はロクサーヌ嬢を妻に迎え、永遠にマリーの手の届かない人になってしまう。

それがわかっているのに、兄を守るために王宮に上がるしかないのか。遠く離れた場所から、幸せそうに過ごすふたりを見ることしかできないなんて。

いつの間にか、涙がぽろぽろと流れて落ちてくる。

マリーの肩に、アドリアンはそっと手を置いた。

「落ち着きなさい、マリー。陛下との謁見が実現したからといって、父上の願いどおりに話が運ぶわけではない」

「でも……」

「お前はなにも心配しなくていい」

アドリアンはマリーを勇気づけるように微笑んでくれる。しかし、そのエメラルドの瞳の奥には、なにか不穏な感情が潜んでいるように感じられた。

◆

程なくして届いた王宮からの書状は、養父を大きく落胆させた。

そこには、マリーとアドリアンの二名のみの謁見が許可された旨が記されていたからだ。

「なんてことだ。どうして私ではなく、息子のアドリアンが指名されている？　フォーレ公爵め、どこまで人を愚弄するつもりなのだ。私はマリーの父親代わりではないか、それなのに……」

養父はじっと椅子に座っていることもできず、不自由な足を引きずりながら部屋中を歩き回っている。下手をすると花瓶や椅子を蹴飛ばしかねない勢いだ。

「しかし、旦那様。あまりに急な話でありましたので、まだ礼服の準備が間に合いません。国王陛下への謁見ならば、古いもので済ませては大変失礼に当たるでしょう。今回はアドリアン様にお任せして正解だと思いますよ」

養父の怒りをどうやら静めてくれたのはサラだった。頼もしい侍女は、彼に希望を持たせることも忘れない。

「もうすぐ旦那様の礼服が仕立屋から上がってきます。この先は王宮に上がる機会も増えるでしょうから、さらに何枚か新しくお作りした方がよろしいですね」

「そうだな……。サラの言うとおり、今回だけは諦めるとしよう」

どうやら機嫌も直った様子で、養父はマリーの隣の席に腰を下ろす。そして小さな手をぎゅっと握りしめた。

「マリー。アドリアンだけでは心細いと思うが、どうにか耐えておくれ。こんなに早く謁見が実現するとは思ってもみなかった。これは嬉しい誤算ではあるな」

それから彼は、ハッと思い出したように言う。

「サラ、主寝室の改装も急ぎ進ませるように頼むよ。マリーが王宮に戻る日取りが正式に決まったら、それに先だってアドリアンの婚礼を挙げてしまいたい。花嫁を迎えたのに寝室の準備が整わないのでは仕方がないだろう」

養父はふむふむと頷きながら、その口元には絶えず笑みを浮かべている。これからの事が楽しみで楽しみで仕方がない様子だ。

「ロクサーヌ嬢はひときわ華やかな内装をお好みの様子だ、彼女の意見をふんだんに取り入れるのだよ。金の心配などいらない。私がマリーの後見役になれば、方々から心付けが届いて今より格段に懐具合がよくなるはずだ」

先のことばかりを考えて浮き足立つ養父は、端から見ていても心配になるほどであった。

「父上」

そこで、ようやくアドリアンが口を挟む。

「まずはマリーの王宮入りを見届けるのが先ではありませんか。それまでは、私はとても自分のことなどに心を配ることはできません。ロクサーヌ嬢とのことも、すべてが終わったあとでゆっくりと考えたいと思います」

「なんと弱気なことを言うのだ。お前がしっかりしてくれなければ、私は安心して王宮に上がることもできない。ものには順序があるのだぞ」

「しかし……」

「こういうことには時間がかかるものだ、早めに始めるに越したことはない。子爵も大変乗り気になっておいでだ。それも当然だろう、王女の養い親と縁続きになるのだ。こんな名誉なことが他にあるものか」

養父は誰が口を挟もうと、自分の意志を曲げるつもりはないらしい。

その後も自分の思い描く計画を得意げに口にしていたが、答える者は誰もいなかった。

◆

国王への謁見が叶う当日。

セリュジエ男爵が仕立てた馬車が王宮の正面に到着したとき、出迎えに現れたのはあのフォーレ公爵であった。

「おお、よく来たね。ふたりとも……！」

舞踏会が開催されているときにはあんなに賑やかな大広間も、今は人影もなくしんと静まりかえっている。

人々が集うときには華やいだ雰囲気に見える王宮も、ひとたび人気が消えてしまうとこのように閑散としてしまうのだ。

静かすぎて気持ちが落ち着かなくなる空間は、それだけでマリーの心を不安定にさせた。

「さあ、早速陛下のもとへ案内しよう。今日のことは前もってお伝えしてはあったのだが、やはり体調が優れないとのことで、いつものように後宮の自室で伏せっていらっしゃる。侍女たちの話ではお召し替えは済まされているそうなのだが……」

後宮へ続く通路は美しい中庭を眺めながら進むようになっている。

表の庭にも引けを取らないほど美しいバラ園や趣向を凝らし美しく仕上げられた水路、小さな湖まである。

やがて現れた静寂の中に佇む白い塔に、マリーは思わず目を見張った。

「あれは……白亜の塔」

かすれるような声をすぐに聞きつけ、前を行く公爵が振り返る。

「ご存じなのかな、あの塔を」

「ええ……あれはお母さまが大好きだった場所です。階段をたくさんのぼると、秘密の部屋があって」

マリーは逸る心を抑えきれず、中庭に飛び出していく。人目を気にしているどころではなかった。

「そう、バラ園にはお母さまが大好きなピンクの花ばかりを集めた一角があるの。それから、お父さまの大好きな黄色いバラで周囲を埋めた噴水。その向こうには蔓薔薇を巻き付けたブランコもあったわ。花盛りの頃に乗ってこぐと、花びらがたくさんたくさん散ってとても綺麗だった。それから……あとは」

後宮の入り口に到着した瞬間、マリーは足を止めた。そこにはやせ細った初老と見える紳士が立っている。

「お前が……マリーなのか？」

ひとりの力では直立することも難しいのだろうか、彼は杖で身体をかろうじて支えている。両脇には介護の侍従も控えていた。

「おお……なんと。まるで、ソフィが帰ってきたかのようではないか。ああ、これほどまでに……フォーレ公爵の話を聞いたときにはまさかと思ったが、このような奇跡が本当にあるものだとは」

呆然と立ちつくすマリーのもとに、アドリアンと公爵が遅れて到着する。

「マリー、こちらがルナン国王陛下だ。君の、実のお父上なのだよ」

「えっ……」

「陛下、マリー王女をお連れいたしました」

一歩前に進み出た公爵は、膝をついて礼を尽くし、国王に申し上げる。

この方が……国王様？

マリーの瞳は戸惑いながらも、その姿に釘付けになっていた。

確かに身につけている衣装はとても格調高い。しかし、このやつれようはどうしたことだろう。

「わ、わたしは……」

「堅苦しい挨拶は抜きにしよう。さあ、中にお入り。……そちらはもしや、セリュジェ男爵子息のアドリアンか？」

その言葉にアドリアンはぴくりと反応する。

「左様にございます。陛下、お初にお目にかかります」

「公爵からお前の国王軍での活躍はいつも聞いているのだよ。これからもこのルナンのために尽力しておくれ」

「ありがたきお言葉、胸に刻ませていただきます」

マリーはふたりの流れるようなやりとりを、ぼんやりと見つめていた。

しかし、これはどうしたことだろう。

初めて訪れるはずの場所なのに、なにもかもが懐かしい。

建物の中に入ってからも、どこになにがあるのかがすべてわかる。階段のある場所も、コックたちが腕をふるう調理場も、お針子たちが集う裁縫室も……みんな行き方を覚えていた。

中庭に面した表の部屋でお茶をいただいていると、国王はおもむろに切り出した。

「マリー。私との秘密の約束を覚えているかい？」

「えっ……？」

一番奥の席に腰を下ろした国王は、その表情にいくらかの精気が戻っているように思われた。

「五歳の誕生日に贈るはずだったペンダントをふたりで隠しただろう。あの年に迎えるはずだった祝いの席で、お前は王族の紋章をモチーフにしたペンダントを受け取ることになっていた」

「……あ……」

どうして今まで忘れていたんだろう。そうだ、この話は確かに聞いたことがある。

遠い記憶、忘れ去られたはずの約束。

両親から確かに受け継がれた血が護る王女の証。いつ、どんなときにも大切にしていなければならない。繰り返し、そう教えられていた。祝いの席でのお礼の言葉も、前もって何度も気が遠くなるほど練習したはず。

次々に湧いてくる記憶の断片が、マリーを強く突き動かしていく。

「お父さまとの……秘密……」

マリーは額に手を当てながら、ゆっくり椅子から立ち上がる。

「……噴水の根元、黄色いバラのたくさん咲いている場所……ではないでしょうか？」

記憶の底にずっと葬られていた記憶なのに、揺るぎない気持ちがそう告げている。

「お、おお……なんと」

マリーに従うように、国王もよろよろと立ち上がった。

「やはり、……お前は本当に私の娘、あの小さかったマリーなのだね。あれは……使用人も知らないふたりだけの秘密だった。だからお前は、マリーに間違いない……！」

そう言って、彼はこちらに腕を伸ばしてくる。

「連れて行っておくれ、マリー。私たちの秘密を隠した場所に」

マリーは国王の腕を取り、やせ細った身体を支えて歩いた。

中庭をまっすぐに突っ切ると、中央にある噴水の前に立つ。そして、その場にしゃがみ込むと、噴水の根元にある石のひとつを迷いなくそっと動かした。

背後でごくっと唾を飲む気配がする。現れたのは、丈夫な布で何重にも包まれたものだった。大きさは手のひらに載るほど。

「さあ、マリー。大変遅れてしまったが、私からの誕生日プレゼントだ」

国王は迷いのない指先で包みを解いていき、バラの紋章にかたどられたペンダントにたどり着いた。その中央には先ほどの説明のとおり、すみれ色の美しい宝石がはめ込まれている。

「お前がソフィの娘である証だ。さあ、受け取っておくれ」

「国王様……」

「どうか、昔のように『お父さま』と呼んでおくれ？」

その手のひらには自分を心から愛してくれる慈しみの気持ちが溢れていた。それをしっかり感じ取って、マリーの心が熱くなる。

「お帰り、マリー。お前だけでも戻ってきてくれて嬉しいよ」

それから、国王は急に寂しげな表情になる。

「……しかし、今のままではお前を公式に私の娘だと認めることはできない」

「……え？」

マリーが驚いて尋ねると、国王は静かに首を横に振って答えた。

「公にはされていないが、王女の証はふたつひと組なのだ。ひとつは国王から。もうひとつは王妃から贈られる。ソフィの贈るはずだったもう一方が見つからない限り、お前は王女とは認められない」

「どうして……」

ふたりで隠したペンダントをちゃんと見つけたのに、それだけでは駄目だというのか。その理由がわからない。

「……国王からのペンダントには王妃の瞳と同じ色の石がはめ込まれ、王妃からのペンダントには国王の瞳と同じ色の石がはめ込まれる。互いの子であるという証をそのペンダントに込めるのだ。だからふたつ揃わねば意味をもたない。すまない、マリー。許しておくれ」

国王陛下との謁見を受け入れたのは、王女として認めてもらうためだ。そうしなければ兄を窮地から救えない。このままではなにも始まらないのだ。

マリーはまっすぐに国王を見つめると、静かな声で言った。

「それでは……お母さまが私に贈るはずだったペンダントを見つけたら、そのときにはわたしを王女と認めていただけるのですね？」

「そうだ。もちろん私も、それを強く望んでいる」

マリーはゆっくりとバラの咲き乱れる中庭を振り返った。

しかしいくら目を凝らしても、幼い記憶がふたたび蘇ることはなかった。

帰りの馬車の中で、マリーは暗い気持ちを引きずったままだった。

アドリアンの方も同じ様子で、ふたりはしばらく無言で過ごした。

不用意に口を開けば、大切なものが逃げていってしまう。胸の中ではそんな恐怖が絶えず揺らめいている。

マリーは自分の手のひらを膝の上に広げた。白くて滑らかな細い指の先に、桜貝のような爪が輝いている。

「国王様は……とてもお辛そうだったわ」

カサカサに乾いて皺だらけになっていた彼の手のひらを思い出す。

マリーの母である元王妃を失って十年以上、彼はずっと悲しみの中で生きていたのだ。思い出の場所から一歩も外に出ようとせず。

それを思うと、今このときにも胸が張り裂けそうになる。

「……無理に思い出す必要はない」

その声に、マリーは首を大きく横に振った。

「いいえ、それでは駄目。どうしても思い出さなくては……！」

そうしないと、兄も助けることはできない。このままでは、いつフォーレ公爵に真実を暴かれてしまうかわからないのだ。

兄が山火事の真犯人であるはずがないと信じている。でも今の自分はそれを証明できる立場にはない。

「お前はそこまでして、王女になりたいのか」

「お兄さま……」

マリーはそれ以上はなにも言えなくなり、ドレスをぎゅっと握りしめて俯いてしまった。

今日のことで兄に幻滅されてしまったに違いない。兄の中で自分は王女という地位に固執する人間になってしまっているだろう。

兄に誤解されたまま、本当のことを告げることができないのが辛すぎる。でも、兄を不用意な噂で傷つけるのはもっと嫌だった。

本当は離れたくない、ずっと側にいたい。そのことすら、口にすることができない。

どれくらい帰路を進んだだろう。

いつの間にか日はとっぷりと暮れ、あたりは闇に包まれていた。

こうなってしまうと、今どこを走っているのかすら、マリーには判断がつかない。

今まで帰り道は、アドリアンから秘密のお仕置きを受けていた。だから夢中で過ごしているうちに、気づいたときには館に到着していたのである。

しかし、今日はなんて長い道のりなのだろう。

もう二度とお兄さまのぬくもりに包まれることができないなんて……この先本当に耐えられるのだろうか。

でもそれも、お兄さまの命を守るためなんだもの……。

そう思いかけたときだった。

急にゴトゴトと馬車が大きく揺れて止まる。

続いて、ゴンと鈍い音が戸口に響き渡った。

「……っ！」

いきなりのことに、叫び声も出なかった。

荒々しくドアが突き破られ、そこからぬっと黒い腕が伸びてくる。

隣にいたアドリアンが異変に気づき、マリーの腕を素早く引き寄せ、身体で庇う。

「何者だ」

アドリアンの問いかけに答えるものはなく、その代わりにドアが開かれ、同時に刃が振り下ろされる。アドリアンは護身用の短剣を取り出し、相手の剣をはじく。そのまま馬車の外に押し返し応戦した。

暗がりに、細く甲高い剣戟の音が幾重にも響き渡る。

いきなり襲いかかられたのだから、状況としてはこちらがかなり不利であったが、もともとの腕前が違うのだろう。彼らは、アドリアンの敵にもならないようだ。

襲ってきた敵は数人いたが、すぐに仕留められないと判断したのか、しばらくすると武器を捨てて逃走してしまった。

「マリー、大丈夫か!?」

室内灯の消えた暗がりの中でアドリアンが叫ぶ。マリーはその声のする方へと腕を伸ばした。

「お兄さまっ……!」

「無事で良かった」

自分を抱きしめる腕の力強さに、マリーは必死にすがっていた。

「……お前にもしものことがあったら、私は……」

今さっき起こったばかりの出来事への恐怖も、あっという間に薄れていく。

やはりこの腕の中にいれば、いつだって安全だ。なにも心配はいらない。

「お兄さま、……今の者たちはいったい」

「恐らくお前のことを襲ってきた刺客だろう。しかし、反応が速すぎる。王宮でのやりとりがこんなにすぐに広まるはずはない。やはりフォーレ公爵が……」

アドリアンはそこでハッと我に返り、外を確認しに行った。

「ポール！　無事か……!?」

「はい、アドリアン様。自分はここにいます……！」

呼びかけに応えて、下男が馬車の下から這い出てきた。

「手綱をしっかり握っておりましたから、馬が暴れることもありませんでした。でも、危険なことには変わりありません。彼らがふたたび戻ってこないうちに、急いだ方がよさそうですね」

「そうだな。このあたりは民家も少なく物騒な場所だ。すぐに馬車を出してくれ」

マリーはふたりの会話をドアから身を乗り出して聞いていた。

するとそのとき、どこからか走り寄る足音が聞こえた。次の瞬間には、暗がりから青白く光る刃がぬっと突き出てくる。

「……っ！」

マリーよりも早く、アドリアンが反応した。

彼はすぐさまマリーを馬車の中に押しやり、応戦するために身を翻そうとした。しかし、それよりも一瞬早く、剣が彼の背を切りつける。

アドリアンは低くうめいたが、すぐに体勢を立て直し相手に短剣を振り下ろす。

「ぐっ……！」

暗闇の中に刺客の叫び声が響く。腕にかなりの深手を負ったようだ。よろよろと立ち去ろうとするのをなおも追いかけようとしたところで、アドリアンの上半身はそのまま馬車の床に崩れてしまった。

「……お兄さまっ……！」

マリーの悲鳴に下男のポールが慌てて飛んでくる。

「これはひどい、すぐにでも手当しなければ！　このあたりには集落もありません。王都まで戻るよりは、男爵様の館に急ぎ帰った方が良さそうです。お嬢様、アドリアン様をお願いします。自分はすぐに馬車を出発させますので！」

あまりの惨状に青ざめながら、ポールはアドリアンを馬車に乗せる。

「わかったわ、早く、ポール、お願い！」

マリーはそう言うと、すぐに馬車のドアを閉め、内側から施錠した。マリーに寄りかかるようにぐったりとしているアドリアンに声をかける。

「お兄さま、……お兄さま！　ねえ、返事をして。お兄さま……！」

「……マリー……？」

アドリアンが苦しそうに呻き声を上げる。

「ええ、お兄さま。マリーはここにいるわ。苦しいの？　今、ポールが館まで馬車を走らせてくれているから」

声の限りにに呼びかける。

こんなこと、信じたくない。どうか夢であって欲しい。

「マリー……お前が無事で……良かった」

彼は苦しい息を吐きながらも、マリーの方に腕を伸ばしてくる。

「お兄さま、無理はしないでっ……！」

「い……や、またいつ刺客が襲いかかってくるやもしれない。お前は……お前のことは私が守らなければ……なにがあっても私が……」

「お兄さま――」

一瞬は力強く抱きしめてくれたが、すぐにだらりと力が抜けてしまう。

「お兄さまっ、……嫌っ、お兄さま！　お兄さま……」

「……大丈夫だ……、マリー。私よりもお前が……」

「ああ、お兄さま。これ以上、しゃべらないで！　お兄さま……っ！」

兄の背に腕を回すと、傷口から溢れた鮮血でドレスの袖が真っ赤に染まった。

マリーの身体が恐怖で大きく震える、涙がとめどなく溢れてきた。

「嫌っ、お兄さま！　死なないで……！」

苦しい息を吐き続けるアドリアンを少しでも元気づけようと、マリーはだらりとした身体を支え、絶え間なく声をかけ続けた。


館に到着したのは夜半であったが、すぐに近くの村に住む医師が呼び寄せられた。

マリーも一緒に部屋に入ろうとしたが、養父が目の前に立ちはだかる。

「お前にアドリアンの世話をさせるわけにはいかない、部屋に戻って休みなさい」

「でもお父さま、お兄さまはわたしのせいで怪我をなさったのよ。だから、今は側にいさせて。お願いよ、お父さま！」

「駄目だ！　お前は自分の立場がわかっているのか。王女であるお前を小間使いのように働かせるわけにはいかない、そんな恥知らずなことが私にできると思っているのか⁉」

「嫌ですっ！　お兄さまの側を離れるなんて、絶対に嫌っ……！」

マリーは泣きながら抵抗した。

「わたしはお兄さまの側にいたいの！　お願いっ、お父さま！」

診察を続ける医師の話ではどうやら一命を取り留めた様子だが、まだまだ安心はできない。あれだけの深手を負ったのだ、いつ容態が急変するかもしれない。そのときに側にいられないなんて、絶対に嫌だった。

「聞き分けのないことを言うんじゃない。口で言って聞かないなら、力ずくでも連れて行くぞ……！」

養父は恐ろしい声でそう言い放つと、ドアにしがみついていたマリーの腕を強引に摑んだ。そのまま嫌がって暴れる彼女を、西の塔まで連れて行く。

「しばらくは頭を冷やせ！」

「嫌っ、お父さま！　ここから出してっ、出して……！」

外から施錠されてしまえば、マリーにはもうどうすることもできない。大声で泣き叫び、力任せにドアを叩いたが、すべてが無駄骨に終わった。

「どうして……お兄さまの側にいることが、そんなにいけないことなの……？」

兄は意識が途切れるまで、マリーのことをしっかりと抱きしめてくれていた。

あんなに大怪我をしていたのに、まるで手を離すとマリーの方が死んでしまうとでも言わんばかりに。

次第に力の抜けていく腕、重くなっていく身体。思い出しただけで、身が凍るようだ。

「……お兄さま……」

マリーは冷たい床に倒れ込むと、必死に叫んでいた。

「お兄さま……！　わたしを置いてどこかに行かないで……！」

このまま二度と会えなくなってしまったらどうしよう。もしもお兄さまが死んでしまったら、わたしも生きてはいられない。嫌。そんなことは、絶対に嫌……！

どうして離れて生きていけると思ったんだろう。いつも側にいて、きちんと寄り添っていなくては。生きるも死ぬも一緒じゃなかったら、駄目なのだ。

王女になって、兄の側を離れるなんて、そんなことはできない。もしも兄が死罪になるなら、自分も一緒に命を絶とう。離れたくない、二度と。

しかし、いくら泣き叫んでも、養父は兄の側に行くことを許してはくれなかった。

自分の中にこれだけの水分があったのかと驚くほど、涙はとめどなく溢れてくる。

結局、一睡もできないまま夜明けを迎えたが、それでもまだ養父の許しはもらえそうになかった。

マリーはドアの前に座り込んで、震える気持ちを持て余すしかない。

「お兄さま……お兄さま」

浮かんでくるのは兄の苦しそうな姿ばかり。代われるものなら代わって差し上げたい、せめて痛みの半分を自分に分けてもらうことができたなら、どんなにか幸せだろう。

その日の昼前にはフレモン子爵の馬車が到着した。

「アドリアンっ！　ああ、アドリアン、目を開けて……！」

すぐにロクサーヌ嬢の甲高い悲鳴が館に響き渡る。

養父が知らせたのか、もしくは誰からか話を聞いたのかはわからないが、アドリアンの看病を買って出るために、わざわざやってきたらしい。

もちろん養父も彼女を心から歓迎している様子だ。

彼女と自分では立場が違うのはわかっている。

ロクサーヌ嬢は互いの家が認めたアドリアンの婚約者だ。そうなれば、愛する人の窮地に駆けつけるのは当然だろう。

頭ではわかっているつもりでも、どうしても納得することができない。

「わたしがお兄さまの一番側にいたいのに……」

王女になんて生まれたくなかった。

もしも、そんな身分じゃなければ、兄を看病することが許されただろうか。

王妃ソフィの娘ではなかったら、あの山火事で焼き出された身寄りのない孤児だったら、あるいは……。

いいえ、違う。

自分がどこの誰であろうと、気持ちは決まっている。

わたしはお兄さまが好き、絶対に離れたくない。

そのためになら、悪魔に魂を売り渡したって構わない。

日に三度の食事はサラが届けてくれたが、それにも手をつけることはなかった。

血塗られたドレスは不吉だからと、強引に脱がされてしまった。できることなら、ずっと抱きしめていたかったのに……。

マリーはひたすらに我が身を呪い、涙を流し続ける。

時折、ロクサーヌ嬢の明るい声が聞こえてきて、胸がえぐられるようなわびしさが募った。

◆

あの日の母は、明らかに尋常ではなかった。

それまでも、昼夜を問わずぶたれたり髪を掴まれて引きずられたりすることはたびたびですっかり慣れてしまっていたアドリアンであったが、寝ていたベッドから引きずり出されたときには、あまりの恐怖に顔が凍り付いていた。

あれは人間の顔ではない、まるで鬼の形相だった。

「お前がっ、お前がすべて悪いのよ！　お前さえ、生まれてこなかったら……！」

母の手には短剣が握られている。それを見たときには、一瞬、死を覚悟した。

「母上……僕は……」

声の限り泣き叫んでも、言葉の限りを尽くして詫びても、許してもらえたことは一度もない。それでも、生命の危険を感じたことは一度もなかった。

その理由は簡単である。「新月の夜に生まれた、闇色の髪を持つ子供」にまつわる忌まわしい言い伝えには続きがあった。災いを運ぶ子供を惨殺した村人が次々と不審な死を遂げたのだという。

殺してはいけない、しかし生かしておけば災いが起こる。アドリアンはおぞましい厄介者として命を繋いでいたのだ。あの父であっても、息子を手にかけようとはしなかった。その代わり、領地境の寂れた場所に妻と共に追いやったのである。

「そんな目で私を見るのはやめて！　悪いのは皆、お前じゃないの！　私は男爵夫人だったのよ、領地の誰もから祝福されて嫁いできたのよ。それなのにお前のせいで……！」

そのときは、母がそれほどまでに憤っている理由がわからなかった。だから恐怖ばかりが先に立ち、身体の震えが止まらなかった。

あとから知った話であるが、母はあの朝、誰からか父の噂を聞いたらしい。

寵愛している愛人を館に連れ込み、彼女はまるで女主人のように我が物顔で立ち振る舞っていると。名ばかりの夫人が離縁され、愛人が後釜に座るのはもう時間の問題であるだろうと、領民たちは囁き合っていたのである。

母は当然ながら激怒した。しかし、夫である男爵に対してその怒りをぶつけるわけにはいかない。そんなことをしたら、たちどころに自分の立場が危うくなる。だから、母は収まりきらない怒りの矛先を息子であるアドリアンに向けた。

「お前のこの髪のせいで、私はここまで落ちぶれてしまったのよ。この髪がっ、この髪がすべて悪い！　今日という今日は、残らず切り落としてやる……！」

力任せに掴まれた一房を、乱暴な手つきで切り落としていく。頬や頭皮を刃先がかすめるごとに、恐怖が募っていった。

「母上っ、やめてください！　お願いだから、やめてください……！」

このままだと自分はどうなってしまうかわからない。必死にもがいていたそのとき、すぐ側で母の低い呻き声が聞こえた。

「……ぐっ……、アドリアン、なんて……ことを……」

蒼白の顔をした母が、床にうずくまる。その腹部から、鮮血が溢れていた。

「……あ……」

アドリアンは、自分の両手も真っ赤に染まっていることに気づいた。

「は、母上……」

「来ないでっ！　お前なんて……お前になんて、どうして助けてもらいたいものですか……」

苦しそうに息を吐く母に駆け寄ろうとしたが、思い切り振り払われてしまう。傷を負った身の上からは信じられない程の力だった。

「……あ、あ……」

床に投げ出されたアドリアンは、母が落ちていた短剣を拾い直すのを見た。

今度こそ殺される。そう思ったときに足が勝手に動いて外に飛び出していた。

しばらく山道を走り続けたが、そのうちに不安になってくる。あのまま放っておけば、母は本当に死んでしまうかもしれない。誰か助けを呼ばなければ、そして早く手当をしなくては。

とはいえ、こんな人里離れた場所にすぐに人影を見つけることなどできない。そうしているうちに、いつの間にか元の建物の前に戻っていた。

そこで、アドリアンは我が目を疑う。

「……え？」

家が、燃えている。母と過ごした簡素な別宅から、勢いよく火の手が上がっていた。

その炎は立ち枯れた茅や老木へと次々に燃え広がり、森は瞬く間に一面火の海に変わっていく。火の粉が飛んできて短く切られた髪の先が焼ける。気づけば、周囲を炎が取り囲んでいた。

母はまだ建物の中にいるのだろうか。しかし助けることは不可能だ。ならばいっそ自分もあの中に。でも駄目だ、足が前に進まない。

簡単なことじゃないか、すべてを終わらせてしまえばいい。この世から消えることをずっと祈っていたはずなのに、自らの意思で動くことができないでいる。

でも、もう逃げる場所なんてない……。

そう思っていたはずなのに、気づけばあてどなく山道をさまよっていた。どこにも行き着く場所はないのに、どうせ今にすべて燃えてしまうのに。

「……？」

そのとき視界になにかが映った。

最初は、陽炎が揺れているのかと思った。でもよくよく見れば、それは小さな女の子だ。鳶色の髪を振り乱して泣き続けている。

あの子も逃げ遅れたんだ、自分と同じように焼け死んでしまうんだ。いいじゃないか、放っておけば。どうせ、誰も助からない。

そう思っても、あまりにも哀れで声をかけずにはいられなかった。

「……誰……？」

母親がいなくなってしまったと泣きじゃくる小さな身体を抱きしめる。確かなぬくもり。でもこの命も程なく燃え尽きてしまうのだ。

「大丈夫、僕が最後まで一緒にいてあげるから」

とっくに死を覚悟していたのに、ひとりぼっちで逝《い》くのは寂しかった。でもこうして道連れがいれば辛くない。

しかしアドリアンの言葉を聞いた少女はハッとして顔を上げる。

「そんなの駄目、わたしは逃げなくちゃいけないの。だから、一緒に逃げて！　お願い……！」

「でも、もう火が……」

「お母さまと約束したの、守らなくちゃ！　ふたり一緒ならきっと逃げられるわ！」

涙に濡れたすみれ色の瞳に見つめられたそのときこそが、新しい人生の始まりだった。

◆

養父の手で西の塔に監禁されたまま、二日が過ぎていた。

すでに涙は涸れ、疲れ果てて身体に力が入らない。少しばかりまどろんでいたのだろうか、マリーはドアの鍵が外から開けられる音に瞼を開けた。

「……お嬢様、お加減はいかがですか？」

そっと中に入ってきたのは、サラである。

彼女はすでに寝間着姿になり、燭台を手にしていた。手つかずのままの食事を見て、辛そうに眉を顰める。

「お嬢様、このようになにも召し上がらないと、今に身体を壊してしまいますよ」

「……少しも食べたくないの」

サラは燭台を床に置き、溜息をつく。

「……困りましたね、おふたりともたいそうな意固地で」

「え……？」

マリーが聞き返すと、サラは肩をすくめた。

「アドリアン様ですよ、あちらもやはりなにも召し上がろうとしないのです。それどころか、眠るのが嫌だとお医者様が処方した痛み止めの薬を服用することも拒否なさっていて、とてもお辛そうです」

「……お兄さま、意識が戻られたの……!?」

マリーは弾かれたように立ち上がり、サラに駆け寄る。

サラは小さく頷いた。

「ええ、今日のお昼過ぎに。それまでも、うわごとでずっとお嬢様の名を呼んでいたんですよ。お目覚めになったときにお嬢様の姿が見えなかったので、しばらくは誰も手がつけられないほどに取り乱していらっしゃいました。わたくしが事情をお話したら、ようやく落ち着かれた様子でしたが」

「そう、本当に良かった……」

マリーの頬を新しい雫がこぼれていく。それは今までの悲しみにくれるものとは違う、安堵の気持ちから溢れたものだった。

兄の無事が確認できただけでも、こんなに嬉しい。優しい侍女はそんな彼女の側にそっと寄り添った。

「お嬢様、……アドリアン様にお会いになりますか？」

「えっ……」

マリーは信じられない言葉に、大きく目を見開いた。しかしそのあと、力なく首を横に振る。

「でもお父さまが……。それにロクサーヌ嬢がお兄さまの看病をしているのでしょう？　わたしを部屋に入れてくれるはずがないわ」

「旦那様は、すでにご自分のお部屋でお休みになってます。ロクサーヌ様は……とっくに引き上げられましたよ」

サラはあっさりと告げる。

「アドリアン様がずっとあの調子ですからね、ずいぶんとご気分を害されたご様子です。それでもどうにかして平静を保とうとなさっていらっしゃいましたが、とうとう堪忍袋の緒が切れたようですね」

そこで彼女はハッと我に返ると、マリーを促した。

「さあ、こうしてはいられません。わたくしが手引きができるのは、旦那様のお休みになっている間だけ。ぐずぐずしている暇などないのですよ……！」

サラはマリーに自分のショールをかけると、アドリアンの部屋へと急かす。

そしてアドリアンの部屋の前まで行くと、小声で告げた。

「わたくしはここで見張っております。同じように旦那様のお部屋の前では夫が待機していますので、なにがあってもすぐに対処できます」

「……ありがとう、サラ」

マリーは侍女の頬にキスをすると、そっとドアを開けて中に滑り込んだ。

部屋の中は灯りも消え、ひっそりと静まりかえっている。

マリーはしばらくは暗がりに目が慣れず、その場に立ちつくしていた。

そのうちに、部屋の中央に置かれていた寝台の上でなにかが動く気配がする。マリーはごくっと唾を飲んだ。

「……マリー……？」

「お兄さま……！」

名前を呼ばれて、弾かれたように駆け寄っていた。

アドリアンはうつ伏せに横たえていた身体をゆっくりと起こす。背中に受けた傷のために、仰向けになることができないのだ。

「マリー、本当にお前なのか？」

ようやくベッドの上に上体を起こしたところで、兄の腕がマリーの背に回る。その力強さと熱さに、胸が熱くなった。

「ええ、サラが手を貸してくれたの。私、お兄さまにもしものことがあったらって……」

そう告げるうちにも、あとからあとから涙が溢れてくる。マリーは兄の存在を確かめたくて、逞しい胸板に頬をすり寄せた。懐かしい香りを胸いっぱいに吸い込んだあと、そっと身体をずらして兄の顔を見上げる。

澄み切ったエメラルドの瞳、精悍な顔立ち。自分の記憶とひとつひとつ照らし合わせていく。滑らかな髪に指を差し入れ、その手触りを懐かしんだ。少し痩せた肩にも触れてみる。

良かった、兄は生きていた。それだけのことで、もう他になにもいらないほど嬉しい。

ようやくホッと微笑むことができたマリーの頬を、アドリアンの指が辿る。涙の雫が指先に吸い付いた。

「……相変わらず泣き虫だな」

「えっ……」

動きかけたマリーの唇にアドリアンの唇が吸い付いてくる。すぐに互いの舌を受け入れ、激しく絡み合わせた。自分の口内で暴れる舌が愛おしくて、どんどん奥に招き入れてしまう。鳶色の髪に兄の指が差し入れられ、頭を固定された。

「……っ……！」

不意にアドリアンの肩が揺れた。マリーは驚いて、パッと身を剝がした。

「ごめんなさい、お兄さま。痛む……？　傷を見せてください！」

抱きついたことで、傷を悪化させてしまったのかもしれない。夢中になりすぎて、すっかり我を忘れていた。

マリーの呼びかけに、アドリアンは興味深そうな表情を浮かべた。

「私の裸を眺める口実が欲しいのか？　お前になら、いつだって見せてやるのに」

兄が口にするには珍しすぎる冗談に、マリーは頬を染める。

「違うわ、そんなんじゃないもの」

わざと拗ねて横を向くと、その耳元にアドリアンが囁く。

「じゃあ、私もお前の身体を点検してやろう」

「えっ、それは……」

マリーは首まで真っ赤になって固まってしまう。

「私には見せられないというのか」

「そういうわけじゃないけれど……」

ドアの向こうにはサラがいる。

それがわかっているのに、今ここで服を脱ぐことなどできなかった。

それに、兄の前に素肌を晒したら、身体が別のことを求めてしまうだろう。兄に触れられて、
マリーの身体は今この瞬間にも欲望に疼いている。

「恥ずかしがることなどない、何度も見せているのだから」

「でも……今は駄目」

大きく頭を振るマリーのうなじに、アドリアンは唇を寄せる。

お互いがなにを欲しているかはわかっている。無理に引き裂かれたことで、さらに互いを強く求めている。

しかしそんなことをしたら、治りかけた傷口に障ってしまう。それを思えば、今は耐えるしかなかった。

「ずいぶん強情だな、マリーは」

そう言いつつも、どうやら諦めてくれたようだ。

マリーが背後に回ると、アドリアンは自分でシャツを脱ぐ。

「包帯を外すわね、もしも傷に障ったらすぐに言って」

くるくると巻き取っていくと、その下から痛々しい傷痕が現れる。遠い昔にできた火傷の痕の上に、生々しい爪痕。これだけ大きく斬り込まれたのであれば、この先も痛みは長く続くだろうと思う。

「……マリー？」

しばらく息を潜めて見守っていると、アドリアンが心配そうに尋ねてくる。

「怖いのなら、無理に見なくてもいい」

「ううん、そんなこと……違うの、そうじゃないの！」

マリーは傷口に触れないように彼の背中にしがみつくと、傷の近くにそっと唇を押し当てた。

「何度もお兄さまを危険な目に遭わせて……本当に申し訳なくて。わたしのせいで、ごめんなさい」

「私は少しも後悔していない。お前を守ることができた証だからな。私はこの傷を誇りに思って生きていくつもりだ」

「……お兄さま……」

それならば、私もずっとお兄さまの側にいて、支えて差し上げたい。

その気持ちを伝えたら、兄はどのような反応をするだろうか。どうか、この気持ちを拒まないで欲しい。マリーは想いを込めて目を閉じた。

少しの間寄り添ったあと、マリーは包帯を巻き直す。

元どおりにシャツを身につけると、アドリアンは自分にかけられていた毛布をめくり上げた。

「一緒に入るか？　眠れていないのだろう？　サラから聞いた。ここで少し休むといい」

マリーは少し戸惑ったものの、断る理由はどこにもない。滑らかなシーツに横たわり、アドリアンの胸に顔を埋めた。

「こんな風に一緒に眠るの、久しぶりね」

マリーは懐かしく昔を思い出していた。

この館に引き取られてすぐの頃。

夜な夜な悪夢にうなされるマリーを心配して、アドリアンがいつも添い寝をしてくれた。

彼のそばにいるときだけ、安心して眠ることができたことを思い出す。マリーは優しい兄の匂いが大好きだった。

こうしていると、あの頃に戻れるような気がする。次第に距離を置かれるようになっていたのが嘘のように、ふたりは元どおり親密になっていた。

養父に隠れて会っていることが、独特の結びつきを感じさせているのだろうか。

温かくて幸せで、悲しいことはすべて忘れさせてくれるような……。

「お兄さま」

「なんだ？」

「わたし、ずっとこうしていたい。お兄さまと離れたくないの……」

アドリアンはマリーの背に腕を回し、そっと抱き寄せてくれる。今はそれだけで、十分すぎるくらい幸せだった。


腕の中で寝息を立て始めたマリーを、アドリアンは愛おしげに見つめた。

ようやくこの腕に戻ってきた、柔らかな雛鳥のような身体。もう二度と離すものかと思う。

ここに至るまで、本当に長い道のりであった。

父の希望に従って社交界入りをしたマリーを連れて舞踏会に足を運んだが、それも最初から気が進まないことであった。

もともと、人が大勢集まる場所は好きではない。その上、マリーを不特定多数の者たちの視線に晒すなど、不本意この上なかった。

マリーを見つめる男たちは例外なく色めき立ち、中にはあのバロワン伯爵のような不届き者も現れる。意にそぐわないことをされても器用にかわすこともできないマリーの態度は、アドリアンにとって悩みの種であった。

マリーを他の男に渡す気はない。父が人目に触れないようにマリーを育てると決めたことは、ある意味幸運であったとも言えよう。

アドリアンが炎の中から命がけで救い出した少女は、父の野心に振り回されながらも素直で明るく申し分のない娘に成長した。そして誰よりも、自分のことを慕ってくれている。

表向きは国王陛下への謁見を実現させるために動いているように見せたが、それもただの演技でしかなかった。

父親に逆らえずにいるマリーをいかに自分の方へと取り込むか。頭の中にあるのはそれだけだった。

しかし……お仕置きはさすがにやり過ぎだったかもしれない。

そうは思うが、一度始めてしまえば後戻りはできなくなる。回数を重ねるごとに過激になっていく責めに自分自身も途方に暮れたが、それよりも素晴らしかったのはマリーの反応だ。彼女はこちらの求めに恥ずかしがりながらも素直に応じ、予想以上の成長ぶりを見せる。

そのことが、ますますアドリアンを彼女にのめり込ませていった。マリーにしつこく迫るバロワン伯爵に殺意すら覚えつつも、その一方でお仕置きの口実ができたとほくそ笑む。

マリーとの出会いですべてが浄化されたはずだったのに、いつの間にか忌み嫌われた過去の血が蘇ってしまったのかと危惧したほどだ。

いや、それでも構わない。

今の自分なら、たとえ悪魔に魂を売り渡してしまったとしても後悔はないだろう。

だがまだ、父が自分たちの前に立ちはだかっている。

父は今も、マリーを伴って王宮に上がる気でいる。もうほとんど、野望は果たされたと思い込んでいる。だから自分たちの今の関係を知ったら、どんな行動に出るかわからない。

ここは、慎重にことを運ぶ必要があるだろう。

アドリアンは、自分の腕の中で安心しきって眠っているマリーをさらに抱き寄せ、その額にキスをした。

たとえ世界のすべてを敵に回したとしても、必ずお前を手に入れてみせる——。

◆

マリーたちが暴漢に襲われてから半月が経過した。

アドリアンは外見上は、以前と変わらないまでに回復している。

もちろん、軍人としての任務に戻れるのはまだまだ先のことになるが、日常生活に支障はないだろうと医師からもお墨付きをいただいた。

「マリー、出てきなさい。今日は良い知らせがあるのだよ」

西の塔にマリーを押し込めてからは顔を見ることもなかった養父が、その日は以前と少しも変わらない様子でマリーの目の前に現れた。

サラの手引きでマリーが毎夜アドリアンのもとを訪れていることを養父は知らない。彼はマリーがきちんと言いつけを守って西の塔にいたと信じているのだ。

「お父さま……」

「おお、顔色もすっかり良いようだな。先ほど、王宮から早馬が届いてね。ルナン王からの直々のお召しだ、お前とアドリアンに王宮に上がるようにとの仰せだよ。さあ、今から準備して、明日にでも早速参上するがいい」

養父は今にも踊り出さんばかりの喜びようだ。

「え、でも……お兄さまはまだお怪我が」

「馬車を使えば遠出も可能だと、医者からもお許しが出たよ。アドリアンにはすでにこの旨を伝えてある、マリーもサラに手伝ってもらって明日のドレスを選びなさい。支度は入念にするのだよ、お前は王女なのだからな」

「でも、お父さま。そのお話は……」

養父が自分勝手に話を進めるので、マリーは慌ててしまった。

「いやいや、心配することはない。何度も王宮に上がってお目にかかっていれば、ソフィが贈るはずだった王妃の証がなくとも国王陛下はお前のことを手放せなくなるだろう。事実、こうして謁見のお許しが出たではないか。これはいい兆《きざ》しだぞ」

それから養父は、急に思いついたように姿勢を正す。

「そうだな、そろそろ私の新しい礼服が仕上がったことだろう。お前が王女として正式に認められれば、私も養父として堂々と王宮に出入りができるようになる。私たちは今までとなにも変わらない、私はいつでもお前と一緒だよ」

マリーは以前のように素直な微笑みを浮かべることができなくなっていた。

養父の野望を知ってしまった今、その言葉のすべてに従えなくなっている。そんなマリーの変化に気づくこともなく、養父はすでに王宮で華やかに暮らす自分を想像しているようだった。


マリーは緊張した面持ちで、兄の部屋に向かっていた。

今夜はサラの手引きの必要もない。監禁を解かれ、マリーはどこに行くのも自由だった。

「マリー」

兄の部屋は寝台の枕元の灯りだけを残した状態だった。彼はベッドに腰かけた姿でマリーを迎えた。飴色の炎に端正な顔がくっきりと浮かび上がる。

「お兄さま」

「明日は王宮だな」

兄はまだ、マリーが王女になることを望んでいると思っているのだろう。

打ち明けるなら、今しかない。マリーは兄の隣に腰を下ろすと、不安に胸を押しつぶされそうになりながらも、必死に言葉を紡いだ。

「違うの、お兄さま。わたしは王宮には行きたくないの。ずっとこの館でお兄さまと一緒に暮らしたい……！」

「マリー？」

驚くアドリアンの胸に、マリーはしがみついた。

「ごめんなさい、お兄さま。わたし、お兄さまを守りたかったの。だから、王女になろうと思ったの」

「どういうことだ？」

「それは……」

どこからなにを話したらいいのか、考えがまとまらない。だから、思いつくままに話すしかなかった。

「わたし、お兄さまが山火事の犯人だと疑われてると聞いて、王女になれば助けて差し上げられるかと思ったの。だって、私にはそれくらいしかできることがないから」

「……なんてことを」

「お兄さまは別の方と結婚することがすでに決まっているし、それならわたしにできる方法でお兄さまを守っていこうって。でも今回のことでよくわかったの。わたし、どうしてもお兄さまと離れたくない。他の誰かじゃ駄目、お兄さまじゃなくちゃ……！」

自分でももう、どうしたらいいのかわからなくなっていた。

ただ兄の胸で泣きじゃくることしかできない。アドリアンはマリーの背に腕を回すと、優しく抱きしめてくれた。

「ひとりでずっと悩んでいたのか……」

「ごめんなさい、でも……」

「私の方こそすまない。辛い思いをさせてしまった」

アドリアンはマリーの髪をそっと撫でる。それから彼は、覚悟を決めたように口を開いた。

「マリー、私はお前に話していなかったことがある。実は、あの日、あの山火事の日……。私は、実の母親を誤って刺してしまったのだ」

「……えっ？」

驚きの声を上げるマリーをアドリアンは悲し気に見つめる。

「このセリュジエ領には忌まわしい伝説があった。新月の晩に生まれた闇色の髪の悪魔がすべての災いを呼び起こす、と。私こそが、その呪われた子供だったのだ。母は両親のどちらにも似ていない子供を産んだことで父から不義を疑われ、不本意な扱いを受け続けた。あのブロンディルの丘にある別宅に私と母は追いやられて……だから、とうとう心が病んでしまったのだろう」

兄は辛そうに息を吐いた。

「父が館に愛人を連れ込んだことを知った母は、私を押さえつけてナイフで髪を切り刻み始めた。それで嫌がってもがいているうちに、気がついたら母の腹にナイフが突き刺さっていた。私は恐ろしくなってその場から逃げてしまった……しかしやはりそのままにはしておけないと小屋に戻ったら、そこは火の海になっていたんだ」

「そんな……」

「どうして火がついたのかはわからない。だがあのとき私は確かに思ったのだ、みんな燃えてしまえばいい、これですべて焼き尽くされてしまえばいいと。母からも愛されず、父にも疎まれ、私の味方は誰もいなかった。もうどうにでもなってしまえばいいと、これは私の救いの炎なのだと感じた。けれど、ふらふらと死に場所を探してそのまま山の中をあてもなくさすらっていたとき、マリー、お前に出会ったのだ。お前は叔母上とはぐれて、ひとりで泣いていた……そして、私の手を握りしめて、一緒に逃げようと言ってくれたんだ。その言葉が私の心をどんなに救ったかお前は知らないだろう。お前にとっては、他愛のない言葉だったかもしれない。けれど、そんな言葉でよかったのだ。私はそんな言葉すら与えられなかった。それがどんなにおかしなことだったのか、そのとき初めて知ったのだ」

兄は顔を伏せた。今までひとりで背負ってきた重責に、必死に耐えているように。

「私はお前に生かされた。……否、あの炎の中で一度死んで、生まれ変わったのだと思う。だから私はあのときに誓ったのだ。お前のために生きようと。これはお前のための命なのだと。だ一生、影のようにお前に付き従って生きていくつもりでいた。お前のためになら、悪魔に魂を売り渡すことすら容易いと考えていたよ。信じられないかもしれないが、フォーレ公爵とも手を組んだ」

「えっ、……まさか、そんなこと」

マリーは今度こそ、自分の耳を疑った。兄の告白はどれも信じられないことばかりだったが、まさか宿敵ともいえる公爵とまで通じていたとは。

「もともと公爵は私が国王軍の見習いになった頃から目をかけてくれていた。男爵家を追われていたときは親代わりになってくれたほどだ。……そのようなこと、父上が知るはずもないが」

「じゃあ、わたしは……」

「お前が心配することなどなにもなかった。私は山火事を起こしてはいない。ただ、事故とはいえ私が母を殺めてしまった過去は消えない。親殺しは重罪だ、もちろんこの話は誰にも明かしていない。しかし何故か父の知ることになり、身動きが取れなくなった。お前を手に入れることができないのなら、国王陛下にお渡しするべきかと何度も考えた。でも私はどうしてもお前を手放せなくなっていた、お前が他の男のものになるなんてどうしても許せない……！」

「……お兄さま」

「しかし、私が罪人であることには違いない。お前を幸せにすることはできないのだ」

兄の腕が解けようとしている。それがわかったとき、マリーは力いっぱい抱きついていた。

「お兄さまっ、それならわたしも同じよ。わたしも、あの炎の中からお母さまを助けられなかったのだもの」

「……マリー」

「ね、わたしたちは、どこまでも一緒よ」

兄から離れたくない。その一心でマリーは縋った。

「……お前はこれまで十分一緒にいてくれたよ」

アドリアンは力なく笑う。そこには、なにかを諦め、覚悟をした表情があった。マリーの背に冷たいものが走る。

「……これからも、ずっと一緒にいてくれるでしょう？」

兄はどこか遠いところに行ってしまうつもりなのではないか。そう感じたマリーは、兄の腕を摑んだ手に力を込めた。アドリアンは、マリーの小さな手を見つめ、自嘲気味に微笑む。

「……母が言った通り、私はやはり災いを引き寄せる人間なのだ。これ以上一緒にいたら、きっとお前を不幸にしてしまう」

「そんな……私の不幸はお兄さまと離れることです」

マリーの言葉に、兄は首を横に振った。その悲痛な面持ちに胸が詰まる。彼はずっと、過去の罪や出生の呪いと戦ってきたのだ。たった一人で……。

「……お兄さま。もしもお兄さまが災いを引き寄せる人間というなら、その運命を、罪を、どうか私に半分わけてください。お兄さまの手でこの身に刻んで……」

兄のすべてを受け止めたい。しかし今のマリーに差し出せるのはその身ひとつしかないのだ。マリーは覚悟を決めて震える手でネグリジェのリボンを解くと、そのまま肩から落とした。白い素肌が、アドリアンの目の前に晒される。

かたちよく膨らんだ胸、桜色の先端はすでにしっかりと存在感を見せている。その場所は緊張に震えながらも、優しく愛されることを望んでいた。

「だめだ、マリー……」

「いいえ、お兄さま。私も罪人なのです。だって私は、たとえお兄さまが災いを引き起こす人だったとしても、過去にどんな罪を犯していたとしても、お兄さまと一緒にいたい。お兄さまを欲しいと思ってしまうの。この罪の心をどうか受けとめて……」

アドリアンの目がふっと細くなる。

逡巡の後、彼はマリーを自分の胸に抱き寄せると、彼女の顎に手をかけて上向きにさせた。しばらく見つめ合い、彼は熱い息を吐くとマリーの唇に自分の唇を押し当てる。

キスだけは毎晩のように交わしていた。でも今夜は今までになく激しい。最初からすべてを吸い尽くすようにむしゃぶりつかれ、マリーは一瞬で気が遠くなりそうになった。

「私だって……どんなにお前が欲しかったことか」

続いて顔中にキスの雨が降り注ぐ。その間にはもう、彼の手のひらの中でマリーの両胸は一瞬ごとにかたちを変えていた。

「……あっ……！」

不意に、胸元がちりっと痛む。恐る恐る見ると、その場所には紅い痕《あと》がついていた。虫されのようにも見えるが、これはたった今、兄の口でつけられたものだ。

「嬉しい、お兄さま」

マリーはいつしか自分の方からキスをねだっていた。舌が絡み合い、互いの唾液が混ざり合う。枕を背にどうにか体勢を保っていた身体が、快感に耐えきれずに徐々に崩れていった。シーツの上にマリーの鳶色の髪が広がる。

アドリアンはマリーの胸を下から持ち上げるとつんと尖った先端を口に含んだ。

「……あぁあっ……！」

欲望を増長するように甘噛みされ、マリーは快感にもだえる。静かにたきつけられることで、さらに身体が燃え上がった。

「お兄さま……！」

まだ触れられていない下半身が熱くたぎっている。身体の奥から湧き出てくる雫で、あっという間にシーツが濡れていた。

どうしよう、汚してしまってる……！

身体の高まりに心が追いつかない。快感に溺れてしまいたいのに、恥ずかしさがぬぐい去れず、動きがいつもよりぎこちなくなってしまう。

「マリー、余計なことは考えるな。お前はただ、感じていればいい」

焦る気持ちまでが、アドリアンにはすべてお見通しのようだ。

彼はシャツを脱ぐと、厚い胸板をマリーの目の前に晒した。彼自身の高鳴りと共に身体は上気し、うっすらと汗が滲んでいる。

「触れてみるか？　お前を求めて、私の鼓動はこんなに速くなっている」

マリーはそっと身を起こすと、汗ばんだ胸元に唇を当て舌を這わす。

「……っ……」

アドリアンが小さく呻き、マリーは密かな喜びに浸った。

お兄さまが……私に感じてくださっている……。

「……お返しをしなくてはな」

彼はマリーをふたたび押し倒すと、彼女の両脚を抱えて左右に開いた。

「……あっ、駄目っ！」

今夜は暗がりの馬車の中ではない、頼りなくても視界を保つには十分な灯りがマリーの身体を余すことなく照らし出している。

「私を誘うように光って……とても綺麗だ」

泉に唇が押し当てられる。久しぶりの感覚に、マリーの身体が粟立った。割れ目に隠れていた真珠もあっという間に暴き出される。

「……あぅっ……、やぁ……っ！」

軽くしごき上げられただけで、敏感になった身体はあっけなく果ててしまった。

「こんなに簡単に陥落していては、最後までもたないだろう？」

「……はぁっ、お兄さま。……少し休ませて、まだ……」

マリーは首を横に振って懇願したが、アドリアンは聞き入れなかった。

「お前の香りはどんな美しい花にも勝る。存分に味わわせてもらおう――」

わざと、じゅっと音を立てて吸い上げられる。マリーは大きく息を吐き、腰を動かしながら、それに耐えようとした。

「お兄さま……嫌ぁっ！　駄目っ、どうしよう！　……わたし……っ！　あぁあっ……っ！」

すぐにまた二度めの絶頂を迎え、マリーは苦しげに息を吐いた。

しかし、それでもまだアドリアンは動きを止める様子はない。秘部を弄んでいた唇を指先に変え、自分は伸び上がったマリーに口づける。

舌先を絡めているうちに、中をかき混ぜる指の数も二本三本と増え、じゅぶじゅぶと卑猥な音を立てながら飛沫を飛ばしていた。

「あうっ、……くふんっ、お兄さまっ！　わたしっ、わたしまた、変になっちゃう……！」

マリーの顔は涙と汗でくしゃくしゃになっていた。髪が額や頬に貼り付き、みっともない姿になっているのが自分でも感じ取れる。

　こんなことを、大人になったら誰もがするなんてとても信じられない。こんな恥ずかしい姿、お兄さま以外には見せたくない。

　大好きな兄だから、この姿を晒すことができる。乱れた姿を見せられるのは、特別の人に対してだけ。そんなこと、とっくにわかっている。

「おっ、……お兄さまぁっ……！」

　何度目かの絶頂を迎え、マリーは必死に愛しい人の名を呼んでいた。息を吐きすぎて、喉の奥がひりひりと痛い。声を抑えようという気持ちも、途中からどこかに吹き飛んでいる。

　そのとき、力を失った太ももに、なにか固いものが当たった。マリーは驚いてその部分を確認する。

　これは、なに……？

　アドリアンの下腹部が大きく存在を主張している。その場所をいつもまじまじと観察していたわけではないが、少なくともあんな風になっているのは初めて見た。とても恥ずかしいのに、その部分から目を離せなくなっている。

「これはお前を愛している証だ」

　アドリアンは腰の紐を解くと、トラウザーズをくつろげた。その部分を見て、マリーは目を見開く。兄の足の付け根には欲望がそそり立っていた。

それはほとんど腹部に貼り付くほどに上を向いている。もちろん、マリーにとって初めて目にするものだった。

以前、馬車の中で教えられた。愛液を溢れさせる下半身の泉に男のものを受け入れ、そして子種を植え付けられるのだと。

でも、あんなに太くて固いものが、自分の中に入るなんてとても信じられない。きっとすべてを受け入れる前に、身体がふたつに裂けてしまうだろう。

「怯えるな。お前の身体は私を受け入れられるように準備されている」

アドリアンは自分の唇をマリーの唇に押し当て、そのまま彼女をシーツの上に押し倒した。

「マリー、そんなに震えるんじゃない」

互いの胸をぴったりとすり寄せ、彼はマリーの耳元に囁いた。小さく頷くと、マリーは兄の首に腕を回す。固い先端が入り口に押し当てられ、ゆっくりと侵入してきた。

「……あぁっ、……くっ……！」

想像を超えた痛みに、マリーの表情が大きく歪む。しかし、アドリアンは動きを止めることはなかった。

「……すまない、耐えてくれ。お前のすべてを私にくれ、マリー」

「おっ、お兄さま！　……お兄さま、痛い……っ！」

ずんと奥まで差し込まれ、ようやくそれ以上の動きが止まった。マリーの中は息苦しくなるほどに、きつく張り詰めている。

「マリー、素晴らしいよ」

「……お兄さま……」

マリーは熱い息を吐きながら、大きく喘ぐ。少し動くだけで、結合部がすれてどうしようもない感覚が広がった。

「……ああ、お前の中はきつくて……熱い……！」

すっと腰が引き、肉棒がマリーの内壁をさすった。

「……ひっ……、いっ、いやぁっ……！」

マリーの口から悲痛な叫びが漏れる。しかし、アドリアンはそれを聞き入れず、ふたたび奥を突いた。二度三度と続けるうちに、次第に動きが滑らかになってくる。それでも、指とは比べものにならない存在感で出し入れされるたび、激しい痛みがマリーの全身に走った。

「……あっ、お兄さま。そんなに……動かないで……！」

身体の内側でいくつもの爆発が起こる。苦痛の向こうにかすかに見える光を目指し、マリーは兄の動きに必死についていこうとした。

「マリー、……いい、最高だ……」

いつになく甘い声で囁かれ、喜びに身体が震え上がる。同時に、兄をくわえ込んだ部分がきゅっと強く収縮した。それをしっかりと感じ取った兄が、身体をびくっと震わせる。

嬉しい。こんなにもお互いがひとつになれる瞬間があるなんて。

この時間が……いつまでも続けばいいのに。

「マリー、お前の感じる顔が近くで見たい」

「……あっ……」

兄を中に受け入れたままで強引に身体を起こされると、角度が変わったことで今までとは違う部分に強い刺激が走る。おなかの中が裏返るような生々しさに追い立てられ、マリーは叫んでいた。

「あああっ……お兄さま。なにか来るっ、おかしいの……！」

「それでいい、マリー。そのまま受け入れてごらん？」

「……ふっ、ふあっ、……あんっ、あんっ……！」

自分から腰を上下に振り、感じる内壁を兄のモノでさすり上げる。狭い場所を無理にこじ開けられる痛みは相変わらずだが、それでも時折沸き立つような快感が走る。

「マリー、とても上手だ。お前にこんな風にされると……たまらない。それに目の前で可愛い胸が揺れていて、すぐにこうして味わえる」

「……やっ、やあっ、お兄さま……！」

脚の付け根でぐちゅぐちゅと水音が響いている。

胎内に留まりきれない愛液が結合部から泡立って流れ出てくる。

兄の太い欲望は、今やマリーに新しい快感を与え続けるために、なくてはならないものになっていた。

「あっ……はあっ……」

背中を仰け反らせるマリーをアドリアンが優しく支える。

「マリー、締め付け過ぎだ。……っ」

アドリアンはマリーを元のように仰向けに横たえると、彼女の身体の脇に手を置いた。

ゆっくり腰を回され、内壁の感じやすい場所が次々に刺激される。続いて奥まで何度も何度も強く打ち付けられ、気が遠くなりそうになった。

「お兄さまっ、……お兄さま……っ！」

アドリアンの熱い吐息が頬にかかり、マリーはぞくりと震えた。互いの汗が涙が飛び散る。感じすぎて、もうなりふり構わなくなっていた。

もっと近くで、もっと強く、もっと激しく兄を感じたい。

兄が悦んでくれている。身体を繋げて愛し合うとは、こんなにも素晴らしいことなのだ。

アドリアンが喉の奥でくっと息を詰める。

「あぁっ、マリー……！」

彼の分身がマリーの中で熱いものを吐き出す。その瞬間に、マリーの中でもなにかが大きく弾けた。

いく。

マリーは自分でも気づかないうちに新しい涙を流していた。熱い雫が頬をとめどなく流れていく。

「……お兄さま……！」

「……大丈夫か、辛い思いをさせたな」

「いいえ、……わたし嬉しいの。嬉しくて、それで涙が出るの……」

互いの思いがひとつに溶けて、そこからたとえようのない大きな喜びが生まれる。

誰よりも大切な人と、心からそれを感じることができて本当に良かった。

しかし不意に、アドリアンの表情が切なげなものに変わる。

「マリー、お前はずっと綺麗なままだ……」

「……どうなさったの、お兄さま？」

「私は恐ろしかった。私によってお前が穢されてしまうことが……。そして、そんなお前を永遠に束縛してしまうのではないかと。ようやく開いた鳥籠を再び閉じてしまうのではないかと。だから、本当の気持ちを封印するしかなかった。私はいつでもお前に魅せられていたのだ」

「お兄さま、……本当に？」

「ああ。愛している、マリー……」

もう泣かなくていい。そう思うのに、頬を新しい涙が伝う。

アドリアンはマリーの柔らかい頬を舌先で舐め取ったあと、桜色に染まった耳元に囁いた。

「マリー、私からもひとつお願いをしてもいいか?」

「……えっ?」

「私のことを名前で呼んでくれないか? ……『お兄さま』と呼ばれるたびに、なにかとてもいけないことをしているような気がする。こんなことは普通、兄妹ではしないことだ」

「……あ……」

そんなこと、少しも気づいていなかった。

急に恥ずかしくなって、マリーは彼から目をそらしてしまう。頬に両手を当て、しばらくは呼吸が整うのを待った。

ようやく落ち着いたあと、彼女は意を決して顔を上げる。エメラルドの瞳が、待ち遠しそうに見つめていた。

「その……ええと、……アドリアン……様?」

「そうだ、良くできたな」

熱くなった頬に手を添えられて、俯くこともできなくなってしまった。

優しく口づけあい、小鳥のように想いを伝え合う。

裸のまま力強い腕に抱き取られ、夢のような幸せを味わいつつも、マリーはふっと不安になった。

「……どうした?」

「いえ、その……」

首筋に舌が這う。くすぐったさに肩をすくめながら、マリーはアドリアンの胸に頬を寄せた。

「このことを、お父さまになんといってご報告したらいいの？　わたしたちのこと、きっとお許しにはならない……」

とても簡単にいく話ではないような気がする。

養父にまた引き裂かれてしまうのではないか。

せっかく結ばれることができたのに、それだけは絶対に嫌だと思う。

「いい方法がある」

「え？」

「このまま、すべてを捨ててふたりで逃げ出そう」

マリーは思わず自分の耳を疑った。でもすぐに背筋を伸ばす。

「……そんなのは駄目っ、ふたりで幸せになれる方法をちゃんと考えましょう」

必死に訴えたのに、何故かアドリアンは笑い出す。

「冗談だ。お前は、変わらないな。私も見習わなくては」

名案はすぐには浮かばない、でもきっと上手くいくはず。マリーには何故かそう確信できた。

◆

翌朝。

目覚めてすぐに、マリーは身支度を始めた。

普段の日なら、ネグリジェを脱ぐところからサラの手を借りるのだが、今朝はひとりで顔を洗い、外出用の下着にも自分で着替える。

「まあ……王宮に上がるのがそんなに待ち遠しいのですか？　驚きました、普段はわたくしが何度起こしても寝ぼけていらっしゃるような方が」

その言葉に、マリーは苦笑いをするしかなかった。

今朝はサラであっても裸を見せるわけにはいかない。何故なら、身体じゅうにつけられた痕が一晩経ったら薄くなるどころか、さらに色を濃くして存在感を増していたからだ。行為の間は夢中で気づかなかったが、さすがにこれはやり過ぎのような気がする。

ドレスに着替えて髪を綺麗に巻いてもらった頃、ようやく養父が起きてきた。

「やあ、マリー。今朝は一段と愛らしいね。本当にお前はどこからどこまでソフィに生き写しだ。お前のその姿を見れば、ルナン王もますますお元気になられるだろう」

なにかにつけ母を引き合いに出す養父の言葉にも、今は静かに微笑むことができた。

自分は確かに変わった、とマリーは実感する。

愛する人としっかり繋がることができたことで、揺るぎない自信を手に入れることができた。

アドリアンにまっすぐな心で求められ、それを全身で受け止めることができたとき、自分が自分であることをはっきりと自覚した。

「あちらもマリーの到着を今か今かとお待ちだろう。さあ急ぎ出かけるがいい。お前の幸運を心から願っているよ」

「はい、お父さま」

淡いピンク色のドレスは、マリーの華奢な身体や白い肌を柔らかく引き立てていた。

イヤリングや髪飾りも今日は控えめなものでまとめている。余計な装飾をしない方が、素直な気持ちで国王様にお目にかかれると考えたからだ。

サラもマリーの意見に心から賛同してくれた。

「それでは行って参ります、お父さま」

館の外に出ると、そこにはすでにアドリアンが待っていた。彼はマリーの姿を見ると、嬉しそうに目を細める。たったそれだけのことで胸がいっぱいになった。

王宮奥は、先日訪れたときよりも明るく賑やかに塗り替えられたように思えた。使用人の数も確実に増えている。

「よく来てくれたね、ふたりとも」

今日も控えの間まで迎えに来てくれたのは、国王側近のフォーレ公爵だった。この人は快活で裏表のない性格に思える。息子のジェルマンがそうであるように。

しかし、マリーは彼のことを未だに信じ切ることがどうしてもできないでいた。人は自分の欲のために、簡単に変わってしまう。あの養父がいい例ではないか。マリーが心から信じられるのは、アドリアンひとりだけだ。

「さあ、陛下がお待ちだ。早く行こう」

彼はふたりを促してから、アドリアンに声をかける。

「傷の具合はどうだい、君には早く元どおりに前線に出られるようになってもらわねば困る。どうか養生しておくれ」

「ありがとうございます、公爵」

やはり兄は期待されているんだ。そう思うと、凛とした立ち姿がさらに眩しく見えた。

「おお、マリー。会いたかったよ……！」

国王は客間の入り口までわざわざふたりを出迎えた。

別人のようなその姿に、マリーは少なからず驚かされる。先日の謁見のときは杖を支えにやっと立っていた人が、足取りも軽く颯爽と歩いていた。顔色も良く、輪郭もふっくらとしている。

招き入れた部屋には、なんと王妃のジョルジーヌも同席している。彼女は王座の一方に座り、複雑そうな表情でマリーとアドリアンを見つめていた。

国王がその隣に腰かけると、公爵がすぐ脇に控えた。マリーたちは王座と向かい合って立つ。

ふたたびこのお方と向かい合ったら、なんと切り出そうかと思っていた。

王女として認められたいと、強く申し出たのは自分の方である。でもそれが間違いだったことにもすでに気づいていた。

心から愛する人の側にいたい。その気持ちをどうにかしてお伝えしなければ。

マリーは一歩進み出ると、まっすぐに国王の目を見て言った。

「恐れながら申し上げます。陛下、わたしのことを忘れてはいただけませんか？」

あまりに虫のいい考えだということはわかっている。だが、マリーは一心に願うしかなかった。

「なっ……何故、そのようなことを。お前が私の可愛いマリーであることは間違いないのだ。もうひとつの王女の証がなくとも、この先は私のそばにいて欲しいと思っている。お前の命を狙う者から守るためにも、お前はこの後宮で暮らすべきだ」

「でも……」

アドリアンのもとを離れたくはない、でもそのことを養父に伝えたところでわかってもらえるはずもない。残った道は国王陛下の温情にすがること――と考えたのだが、やはりそう簡単にはいかないらしい。

「マリー、私を恨んでいるのかい？　王女として正式に認めてやれないことはすまないと思っている。だが、私はそれでも――」

そのとき。

ドン、と大きな爆発音があたりに響き渡り、建物全体が大きく揺れた。

「たっ、大変です！　白亜の塔に火が……こちらも危険です。皆様は外に避難してください……！」

後宮の番人の叫び声がする。窓の外を見ると、あの白亜の塔がめらめらと炎に包まれていた。

「これは、なんとしたことか……！」

「陛下、妃殿下、まずはこちらへ！」

動揺を隠しきれずに王座から立ち上がった国王を、フォーレ公爵が促す。

そこに、公爵の息子、ジェルマンが飛び込んできた。

「あのっ、セリュジエ男爵はどちらです……!?」

アドリアンがすぐに顔を上げる。部屋の中にいたすべての者の視線も彼に集中した。その様子を見たジェルマンがさらに叫ぶ。

「違います、アドリアンではなく、お父上の方です！　先ほど、門番の制止を振り切って後宮に侵入したとの報告がありました。こちらにお出でではなかったのですか？」

養父が、いったいどうして？

マリーはアドリアンの方を振り返ったが、彼もまったく状況が摑めていない様子だった。

「まあいい、どちらにせよ、ここは危険だ。早く退出しよう……！」

フォーレ公爵に促され、全員が後宮の中庭へと避難する。目の前には赤々と燃え上がる白亜の塔があった。

「……どうして」

マリーはその様子を呆然と見上げる。

母ソフィが大好きだった純白の塔。そこにふたりで隠れるように入り込み、遊ぶのが好きだった——。

そのとき。

マリーの脳裏に、ひとつの情景が浮かんできた。

白い空間、優しいお母さまの手。そして、聞こえてくる声。

『……これは、あなたを私の兄から守ってくれるものです……』

「あ……」

マリーは思わず、自分の口を手で覆っていた。

そうだ、母は確かにそう言っていた。そうなれば、すべての黒幕は養父ではないのか。彼が山火事を引き起こして母ソフィを死に至らしめ、その罪を息子のアドリアンに押しつけようとした……。

「マリー、どこへ行くんだ……！」

アドリアンの声が背中に届く。でも振り返るわけにはいかなかった。

あの炎の中に真実が隠されている、早くしないとそれが燃え尽きてしまう……！

マリーは周囲の者たちの制止を振り切って、ひとり塔の中に飛び込んでいった。

◆

あの日。

領地境のブロンディルの丘にさしかかったとき、マリーと母の目の前に養父が現れた。

「どこへ行く気だ、私から逃げられると思っているのか」

養父の厳しい言葉から守るように、母はマリーを自分の背後に隠した。

「いいえっ、お兄さま。信じてください。私が今愛しているのは陛下だけです」

「しかし、マリーは陛下の子ではないのだろう？　そしてお前はそれを陛下とマリーに伝えようとしているのだ！　王女の証となるはずのペンダントで！」

「お、お兄さま…！」

母が大きく首を横に振る。鳶色の美しい髪が、あたりに広がった。

「早くペンダントを渡すんだ！　陛下の瞳の色の石がはめ込まれたものとお前の用意したもの

とをすり替えてやる！　そうすれば、マリーは陛下の子であることが証明される。お前は愚かな奴だ、王族の血を引かない娘など産み落として……！」

「お兄さまっ！」

母が絹の裂けるような声で養父の言葉を遮ったとき、目の前の建物の扉が開いた。

「あ……あなた……」

腹から血を流した女性が、よろよろと歩いてくる。その姿を見て、養父の顔色が変わった。

「お前、……今の話を聞いていたのか？」

ひどい怪我をしていることにはまったく触れず、養父は女性を問いただす。

「たっ、助けて、……苦しい……ぎゃああっ！」

とっさに母に抱きかかえられ視界を閉ざされたが、次に見た光景は大地に転がる血まみれの女性と、短剣を手にした鬼のような形相をした養父だった。

「お、お兄さま……どうして、お義姉さまを……」

母は大きく震えながら後ずさりする。養父はそんな母に向かって、血塗られた短剣を向けた。

「さあ、マリーを渡してもらおう。お前は次こそ陛下との子を産むのだ。マリーは可哀想なことに盗賊に襲われて命を落とす。この先、陛下以外の男に似てくれば、否応なく疑われることになる。その前にっ、さあ……！」

「逃げるのよっ、マリー……！」

母に手を引かれて走り出す。恐怖に追い立てながらも振り向くと、先ほどまでいた丘の上は、一面火の海になっていた。


軽い目眩と共に我に返る。マリーの目の前には今も、炎が燃え広がっていた。

しかし後には引けない、大切なものはこの塔の一番上にあるのだ。階下からは炎が勢いよく吹き上がってくる。頬が髪が焼ける。それでも、マリーは歯を食いしばって、長い螺旋《らせん》階段をどんどん上に登っていった。

胸が高鳴っているのは、恐怖に急き立てられているからだけではない。ようやく取り戻した記憶が、アドリアンの無実を証明していたからだ。

でも、まだ今のままでは真実を語るには不十分だ。どうにかして、証拠となるものを見つけなければ……！

ごろりと鈍い音がして、火だるまになった木片が落ちてくる。それを必死に避けながら見上げると、階段の上に養父が座っていた。

「……お父さま」

視界を埋め尽くす、赤い炎。

何度も夢の中で味わった恐怖が蘇り、マリーはその場にへなへなと座り込んでしまった。

そんな彼女を、養父は眨んだ目で見下ろす。

「よく来たな、ソフィ。さあ、王女の証の片割れをどこに隠したか教えてもらおうか」

その手には短剣が握られている。

「お前が悪いのだぞ、ソフィ。私を裏切ったりするから。せっかく王太子に取り入り、贅沢な暮らしをさせてやったのに、他に恋人がいたとはどういうことだ……！」

「……お父さま、どうなさったの……？」

マリーは大きく目を見開いたが、その声も養父には届かなかった。

どうも記憶が交錯し、マリーを母ソフィと取り違えているようだ。

「挙げ句にマリーの出生の真実を、陛下とマリーに話そうとしていたな。そんなどちらの子供かわからない娘、生かしておくことができるものか。この手で息の根を止めてやろうとしたが、お前は娘と共に王宮を逃れ、愛おしい恋人のもとに走ろうとした。だから、制裁を与えたのだ。私は山に火を放ち、逃げようとしていたお前を見つけ出して殺めた。私はなにも悪くない、悪いのは私の言うことを聞こうとしない周りの奴らだ……！」

「お父さまっ、火が、火が！　逃げなくちゃ、このままだとふたりとも燃えてしまう……！」

養父はマリーの悲痛な叫びも聞き入れる気がないようだ。髪を振り乱し、血走った目で叫び続ける。

「ソフィの次はアドリアンだ。あいつめ、すっかりマリーにのぼせ上がりおって、マリーの王宮入りを阻止しようとする。このままではいずれ真実に辿りつかれるだろう。さっさとくたばらせて、もっと従順な養子を迎える方がいい！　今回は失敗したが、次は必ず仕留めてみせる。私を裏切る者は、皆同じ目に遭うのだ……！」

そのとき、美しい刺繍を施した養父の礼服に炎が燃え移る。その身体がみるみるうちに、音を立てて炎を吹き上がらせた。

「……ぎゃあああああっ……！」

瞬く間に火だるまになった彼が、大きくもがきながら断末魔の叫び声を上げる。墨色になった身体が螺旋階段の中央部の穴に落ちていくと、そこからまた火の手が大きく上がった。

「おっ、お父さま……お父さまっ……！」

地獄絵さながらの光景だった。

しかしそれを見ても、マリーはまだ立ち上がることができないでいた。

このままでは助からない、わたしも燃えてしまう。

炎は吹き抜けになった階下まで広がり、すでに逃げ場もない。

探さなくてはならないのに、アドリアンの無実を証明するものを。でも、それを隠した場所が思い出せない。

もう駄目だ、駄目なのだ。今度こそ、今度こそはすべてが終わる。

心が絶望に埋め尽くされそうになり、それでもわずかに残った力が大きな叫びに変わった。

「お兄さまっ……！」

もう助からないと決まっていても、最後に一度だけ会いたい。このまま儚く燃え尽きてしまうなんて、絶対に嫌だ。会いたい、お兄さまに会いたい。

――と。

そのとき、どこかで自分の名を呼ぶ声が聞こえた。

はじめは空耳かと思った。

しかし、声は何度も何度も途切れなく、階段を駆け上がってくる。

やがて、炎をふたつに裂くような勢いで現れたのは――。

「やっと見つけた」

彼は次々と襲いかかる炎をものともせずに、こちらに駆け寄ってくる。艶やかな黒髪が熱風で舞い上がり、エメラルドの瞳がまっすぐにこちらを見つめていた。

あのときとなにもかもが同じだ。記憶の始まり、わたしはこの人に新しい命を与えられた。

「夢じゃないのね？　良かった、わたし……会いたかったの！　誰よりもお兄さまに会いたかったの……っ！」

マリーは夢中で彼の胸に飛び込んでいた。

「怖かっただろう、もう大丈夫だ」

優しい腕に抱きしめられたそのとき。

マリーはの耳に優しい声が蘇ってきた。

そうだ、これはきっとあのときにみた夢の続き。母ソフィがマリーに話しかけてくる。あの場所は……ここ、白亜の塔だったのだ。

「お兄さまっ、待って！」

マリーを抱き上げ、階段を駆け下りかけたアドリアンは、その声に立ち止まる。

「どうした、ぐずぐずしている暇はない。すぐそこまで、火の手が来ている！」

「思い出したのっ、わたし。お母さまの最後の言葉を。そうよ、『おやすみの階段からみっつ降りたところ。そこに真実がある』って！」

「……おやすみの階段？」

アドリアンが聞き返すと、マリーはしっかりと頷いた。

「この白亜の塔は、お母さまとわたしのお気に入りの場所だったの。お父さまが公務で遅くなる日には、いつでもふたりでここに来て眠ったわ。そう、この階段を三段下りて――」

マリーの心は、遠い日の記憶を鮮やかに呼び覚ましていた。

「こっちよっ、お兄さま……！」

その瞬間だけは、不思議なほどに火の勢いが弱まっていた。

マリーは慣れた手つきでその場所に手を置くと、迷いなくひとつの石を引き抜く。

「……あっ……！」

「マリー、これは……」

そこから現れたのは、マリーの五歳の誕生日に贈られるはずだったペンダントの片割れ。そこには国王の瞳の色と同じ石が埋め込まれているはずだ。

「お兄さまっ、違うわ。この宝石、陛下の瞳の色じゃない……！」

金茶に光る石を見て、マリーが戸惑いの声を上げる。

バラの紋章の中央に埋めこまれていた石は国王の瞳の色である灰青ではなかった。つまりマリーは国王の子ではなく金茶の瞳の男性の子だったということだ。母ソフィは命をかけてその真実を明かそうとしていたのだ。

「……私は王女じゃないの？　だとしたら、ずっと、ずっとお兄さまと一緒にいられるの……？」

母ソフィが本当に愛した恋人との間に生まれた娘、それこそが自分の真実の姿だったのだ。明かされた事実を前に、マリーの目からぽろぽろと涙が溢れてくる。

「マリー……！」

アドリアンはそんな彼女を優しく抱き上げると、長い螺旋階段を一気に駆け下りた。

彼らが、塔の入り口から飛び出して間もなく。

亡き王妃ソフィが心から愛した白亜の塔は、卑しき野望と共に焼け落ちていった。

ふたりは焼け落ちた塔から離れ、安全な場所まで辿り着くと、その場に座り込んでいた。息が荒く、なかなか整わない。

そんな中、マリーは炎の中で蘇った真実の記憶をアドリアンに話して聞かせた。

「まさか……父上が母上を。そして証拠隠滅のために火を放ったとは――」

がれきの下に葬られた養父にはなにも語ることはできない。それでもアドリアンは、十数年ぶんの安堵の溜息を吐いた。

「……ありがとう、マリー。お前のおかげで……救われた」

「お兄さま……」

呼びかけた口元が、アドリアンの指で制される。

「その呼び方はやめろと言ったはずだ」

「あ……」

マリーは赤くなって俯いてしまう。

「でも……ずっとそう呼んできたんですもの。急に変えるなんて……」

顎に指をかけられ、上向きにされる。すぐに優しいキスが落ちてきた。

「あ……っ、駄目。そんなところ、触らないで」

胸元に腕を差し込まれそうになり、マリーは慌てる。アドリアンは悪びれもせず、マリーの口端からこぼれた雫を舌先で舐め取った。

「これからは、『お兄さま』と呼ぶたびに、お仕置きをしなくてはならない」

「えっ……」

マリーが息を呑んだところで、がれきの向こうからにゅっと人影が覗いた。

「なにをしているんです、ふたりとも。ここがどこかわかっていますか？」

ジェルマンだ。彼はホッとした表情でマリーたちを見つめる。

「皆が向こうで大騒ぎしているというのに、なんてことでしょう。それに、そんな灰かぶりじゃ、絵になりませんよ？」

「あっ……」

ジェルマンの言うとおりだ。ふたりとも煤《すす》けてすごいことになっていた。髪も炎に煽られて、ひどく乱れている。

マリーはさらに頬を染めながらも、アドリアンに手を引かれて立ち上がった。

「大事がなくて、本当に良かった」

そんなふたりを、ジェルマンが優しく見守る。

「やはり、黒幕は彼でしたか。僕の父上も以前から君たちの父上を怪しんでいました。あの山火事の直後、事実確認のために調査を依頼したときも、あれこれ理由をつけてうやむやにしてしまったとか。結局はご自分の悪事が明るみに出ることを恐れていたのでしょうね」

「公爵は、そこまで気づいていたのか」

「もちろんです。ソフィ王妃の無念を晴らすためにも真相究明はどうしても必要でしたから。まあ……しかしこのとおり、すべて灰になりましたし、死人を裁くことはできませんがね」

その言葉に、マリーはホッと胸を撫で下ろす。ようやくすべての足枷が取り外されたような気分になれた。

「さあ、早くこちらへ。無事な姿を陛下に見せて差し上げなくては」

ジェルマンに促されて歩き出す。被害を免れた中庭では、今もかぐわしいバラたちが素知らぬ顔で咲き誇っていた。

◆

「ソフィは、後宮でいつも寂しそうでした」

後日招かれたフォーレ公爵夫人のサロンで、マリーはそう打ち明けられた。

「兄上であるセリュジエ男爵の強い希望で王宮に上がったものの、領地に残してきた恋人の存在が忘れられないようでした。わたくしたち、とても良いお友達だったのよ。だから、ソフィもわたくしにだけは本当のことを打ち明けてくれたの」

そう言って、夫人はマリーの手を握りしめた。

「とても辛い思いをしたわね、マリー。でももう大丈夫、すべてが元どおりよ」

柔らかな声に導かれ、涙が溢れてきた。頬を伝う雫がやがて、ふたりの白い手に落ちていく。

――王女マリーは、十数年前の山火事でソフィ王妃と共に命を落とした。

養父の企みのすべては炎と共に葬り去られ、白亜の塔の焼失も燭台が誤って倒れたことが原因の不慮の事故として処理された。

すべては左大臣であるフォーレ公爵の計らいである。よって、アドリアンも男爵家も罪に問われることはなかった。

「陛下も今はお辛いでしょうが、きっと立ち直ってくださるでしょう。これからは、あなたもアドリアンも、陛下をしっかりお支えして差し上げてね。皆でこの国を良くしていかなければならないわ」

「フォーレ夫人……」

「あなたがジェルマンと一緒になってくれなかったのは少し寂しいけれど、アドリアンが相手では仕方ないわ。どうか幸せになってちょうだい。そしてこちらにもちょくちょく遊びにいらしてね？　わたくしたち、きっといいお友達になれるわ」

母は王宮で、決してひとりぼっちではなかった。それを知って、マリーは少し心が救われた気がした。

そして、天国の母を安心させるぐらいに、アドリアンと幸せになるのだと強く心に誓った。

第六章

鮮やかな夏空がどこまでも続いている。

太陽の輝く真下、杉並木の丘の向こうから蹄の音が聞こえてくる。

アドリアンは誇らしそうに咲きそろったバラたちから顔を上げ、その方向を振り向いた。

青空を切り裂いて、白馬が丘を駆け下りてくる。青いマントが、大きく風をはらんで翻った。

「やあ、アドリアン！」

ひらりと馬を下りると、手綱を駆け寄ってきた下男に預け、彼はまっすぐにこちらへ歩いてくる。

「早速のお出ましか。もうしばらくは、ゆっくり休ませてもらおうと思っていたのに」

少し非難めいた眼差しを向けられても、彼、ジェルマンは臆することもなく静かに微笑んでいた。

「そうはいかないよ、君の復帰を待つ声で王宮はもちきりだ。もちろん、国王軍の枠を越えて広範囲からね。今日こそは快い返事をもらえないと、君の親友である僕の首が飛んでしまうよ」

自らの首に手のひらを当てるジェスチャーをしたあと、彼は堪えきれずに吹き出していた。

「それにしても、なんて幸せボケした顔だろう」

「おい、それはいくらなんでも言い過ぎだ」

アドリアンが艶やかな黒髪をかき上げて非難の声を上げると、ジェルマンは彼の肩にポンと手を置いた。

「まあ、いいじゃないか。すべてが上手くいったんだから」

「お前にもずいぶん世話になった」

馴れ馴れしくするなとでも言いたげにその手を払いながらも、彼は親愛の微笑みを浮かべている。

「感謝してくれるなら、こちらの希望も素直に聞き入れて欲しいものだ。あれからもう一月以上だぞ。そろそろ蜜月は終わりにしてもいいんじゃないかい？」

「急かすな、こちらとしては最低でも三年は休暇をもらいたいところだ」

「馬鹿なことを言わないでくれ、お前の力なしでは国王軍は正常に機能しないぞ。このまま国が滅びてもいいなら、話は別だけどな」

そんな風に言い合ったあと、ふたりは声を上げて笑い合った。ひとしきり笑ったあとで、ジェルマンは急に真顔になる。

「――男爵の礼服はそれはそれはよく燃えたそうだな。まるで、油でも染みこませたかのように」

その言葉を受けて、アドリアンは口端を少しだけ上げる。

「そうなのか？　知らなかったな。しかし、私とマリーの服は燃えにくいようだった。きっと、父上がわれわれのぶんまで炎を引き寄せてくれたのだな」

「ひどい息子だ、今頃あの世で親父殿が地団駄を踏んで悔しがってるぞ」

「すべてはルナン王国のためだ。細かいことには目をつむってもらおう」

ふたりが密かに手を組んだのは、アドリアンの父が今回の企みを公にするよりも前のことだった。これから自分のすることに一切口出ししないこと。それがアドリアンがジェルマンに約束させたことだった。

次期国王の座を狙っていたジェルマンは、国王軍の次期総司令官の役職にアドリアンが就くことを条件に協力を引き受けた。自分が国王になったとき、自分を裏切らない優秀な軍部の司令官が欲しかったからだ。アドリアンは既に軍部でかなりの実権を握っている。ジェルマンは、名誉欲のないアドリアンを司令官に縛り付けるネタができて良かったと笑った。

かつては国王軍で好敵手だったフォーレ公爵に逆恨みしたアドリアンの父は、ふたたび家族を巻き込んでの暴挙に出ようと、時機をうかがっていたのである。彼にとっては、マリーもアドリアンもソフィ王妃と同様に自分の持ち駒のひとつでしかなかった。

そんな父親のことなど、すでに軽蔑しきっている。アドリアンは父親に従順でいる振りをしながら、内心では彼の自滅を願っていたのだ。

そこで、ジェルマンはふと表情を曇らせる。

「陛下はあのペンダントが見つからなければ良いと心から願っていたご様子だ。あまりの落胆に、以前のように病床生活に戻ってしまうかと周囲から危惧されたほどだった」

ルナン王もペンダントの一件で、マリーが実子ではないことを認めざるを得なくなった。以前から薄々そう感じていたようだが、やはり真実を受け止められずに口をつぐんでいたらしい。今でもソフィ元王妃を深く愛している彼は、マリーを形代《かたしろ》としてずっと側におきたかったのだろう。

「おいたわしいことだが、仕方ない」

神妙な面持ちで答えるアドリアンの脇腹を、ジェルマンは軽く肘で突く。

「いつの間にすり替えたんだよ。父親よりもお前の方がよっぽど悪人だ。陛下を欺くなんて見上げた根性だよ」

フォーレ公爵は王女の証を作った職人に事実を確認していたらしい。だから公爵とジェルマンはマリーが王女であると知っていた。しかし、残ったものが王の瞳の色と違うものだったなら、それに従うほかない。

「すり替わっていたとは初耳だな。親切な誰かがしてくれたに違いない」

「……どの口が言うって感じだよな、まったく」

国王の瞳と同じ青灰の宝石を埋め込んだペンダントと今回のマリーが探し当てたものをすり替えたのもまた、アドリアンだった。

彼は、最初に後宮に招かれたおりにジェルマンの手引きで白亜の塔に密かに侵入し、かねてよりの計画を実行に移した。

ペンダントの隠された場所は、その昔に炎の中からマリーを助け出したときに、うわごとのように繰り返す彼女の言葉を聞いて覚えていた。

フォーレ公爵やジェルマンも塔の中をくまなく探したが見つからなかったとのことで、アドリアンにも探す機会が与えられたことが幸いした。ジェルマンたちはアドリアンのすることには口出ししない。けれど真実は明らかにしたいと考えていたようだったから、先に見つけられたらマリーは王女になっていただろう。

「だが……どうしてソフィ王妃はご自分の兄上である男爵に本当のことを話さなかったのだろう。もしもマリーが殿下の子供であることを正直に話していれば、あのような悲劇はそもそも起こらなかったと思うけど」

アドリアンはなにも答えなかった。

今となっては誰にも確かめようはないが、アドリアンだけは知っている。ペンダントと同じ場所には、ソフィ王妃が兄である男爵に宛てた手紙が残されていたからだ。

そこには、昔の恋人の存在が兄に知られ、まだ仲が続いているのではないかと疑われていること、どちらの血を引くかわからないという理由でマリーの身に危険が及んでいること、もはや自分の言葉は兄に届かず、今このペンダントを見せてマリーが王の子だと主張しても嘘だと言われてしまうだろうということ、もう一度兄に話してみるが今はわかってもらえないかもしれない、という嘆きが綴られていた。兄の気持ちが落ち着いた頃にまたこのペンダントとともに真実をもう一度話すつもりだとも。

マリーを王女として王宮に迎え入れることを断念した国王は、近々現王妃の甥であるジェルマンを養子に迎え、後継者に据えることにした。

それに伴い、空席になってしまった次期国王軍総司令官の椅子はジェルマンの目論み通りアドリアンに回ってくることになりそうだ。

そのための法律改正の細々とした手続きも、フォーレ公爵の指揮の下で着々と進んでいる。

「もうひとつ、聞いてもいいかい？」

「なんだ」

「刺客に襲われたとき、なんであそこまで深手を負ったんだ？　不意打ちとはいっても、丸腰ではなかっただろう？　君ほどの腕があれば難なくかわせたはずだ。父上もそのことを不思議に思っていたよ。それに、刺客を捕らえた父上によれば、その雇い主は君の父上だって話じゃないか。君やマリーを殺したら元も子もないのに、なんでそんなことをしようとしたんだろうね？」

アドリアンは、その言葉にさらりと答えた。

「マリーと一緒に国王のもとを訪れる少し前だったか。父上に、マリーの出生の秘密を知っているとほのめかしたら、ひどく動揺してな。それから様子がおかしかったから、何か仕掛けてくるとは思っていた。だからあの襲撃は、マリーを狙ったわけでなく私を狙っていたのだろう。思い通りに動かない私を殺して、他の誰かを養子にしてしまえばうまくいくと思ったのかもしれないな。短絡的すぎるがあの父上ならやりかねん。ともあれ、私は命がけでマリーを守ったんだからそれでいいだろう？　まあ……急所は上手い具合に外させてもらったが」

それを聞いて、ジェルマンも呆れ顔になる。

「よくもそこまで計算できたな。一歩間違えば、本当に命を落としていたぞ」

「マリーを心身共に籠絡させるためなら、私は手段を選ばない。だから父上の企みを逆手に取ることにした。とっさの判断にしては上出来だったと思う。おかげで私たちの関係は揺るぎないものになった」

「君にはなにをしても敵う気がしないな。……まあ、真実のとおりにマリーが王女として認められて、ゆくゆくは僕が彼女の婿に収まる結果になっても一向に構わなかったんだけど。僕はきっと、彼女をとても幸せにできたと思うよ？」

アドリアンはその言葉には答えず、館の表扉に視線を移した。

「セリュジエ男爵夫人のお出ましだ」

勢いよく扉が開き、そこから鳶色の美しい髪を揺らしたマリーが、黒い犬と共に飛び出してくる。マリーはフォーレ公爵の遠縁の家の養女となり、男爵家を継いだアドリアンと結婚したのだ。

「ジェルマン様、いらっしゃい！」

桜色のドレスに身を包んだ彼女は、夏の日差しに負けないほどの晴れやかな微笑みを浮かべていた。

「アドリアン、そんなところでいつまでも立ち話をしていないで。お茶の支度ができたから、早くお客様をご案内してね。今日はサラとパイを焼いたのよ、早く召し上がっていただきたいわ……！」

明るい声が屋敷の表庭に響く。

「マリーを一番輝かせることができるのは私だ。もしも異を唱えるのなら、お前であっても容赦しない」

「いやいや、さすがに僕はそこまで命知らずにはなれないよ」

ふたりはもう一度顔を見合わせたあと、館の前で待つ彼女の方に向かってゆっくりと歩き出す。

「……王宮もすべて燃えてしまっても、よかったんだがな」

「なにか言ったか？」

「いや、なにも？」

口端をわずかに上げるアドリアンの髪を、丘から吹き下ろしてきた風がさらりと揺らした。

あとがき

はじめましての方も、いつもありがとうございますの方もこんにちは。広瀬もりのです。

このたびはファンタジーを書かせてもらえるとのことで喜び勇んで飛んでまいりましたが……初の乙女系ジャンル、しかも「歪んだ愛」「過度の執着」というハードルの高さに、ずっとびびりまくりでした。最後の方は夢の中でも原稿に赤字を入れてましたし、「話のつじつまが合ってない！」と半泣きで目覚めたこともたびたび。それでも担当Y様の不屈の精神に支えられ、どうにかゴールテープを切ることができそうです。本当に良かった！

イラストを担当してくださった、三浦ひらく先生。実はコミックスを買い集めているほどの大ファンなんです。まさか拙作を手がけてもらえるなんて……カバーイラストが届けられたときには緊張のあまり、しばらくは直視することもできませんでした。三浦先生のイラストがあったから、最後まで挫《くじ》けずに頑張れたのだと思います。本当にありがとうございました。

そしてそして、今この本を手にしてくださっている読者様。たくさんの本の中から選んでいただいて、心より感謝申し上げます。楽しんでいただけましたか？

これからも地道に努力して、ファンタジーが書ける幸運にふたたび巡り会いたいと思います。

どうかまた、ご縁がありますように……。

広瀬もりの

Sonya
ソーニャ文庫

この本を読んでのご意見・ご感想をお待ちしております。

◆ あて先 ◆

〒101-0051
東京都千代田区神田神保町2-4-7 久月神田ビル7階
㈱イースト・プレス　ソーニャ文庫編集部
広瀬もりの先生／三浦ひらく先生

煉獄《れんごく》の恋《こい》

2013年9月4日　第1刷発行

著　者　広瀬《ひろせ》もりの
イラスト　三浦《みうら》ひらく
装　丁　imagejack.inc
DTP　松井和彌
編　集　安本千恵子
営　業　雨宮吉雄、明田陽子
発行人　堅田浩二
発行所　株式会社イースト・プレス
〒101-0051
東京都千代田区神田神保町2-4-7 久月神田ビル8階
TEL 03-5213-4700　FAX 03-5213-4701
印刷所　中央精版印刷株式会社

ISBN 978-4-7816-9514-3